中文好聽，好看，
好玩，好寬容。

新井一二三

我和中文談戀愛

あらい ひふみ
新井一二三・第26號作品

中文，讓我成為現在的自己

哈臺族導演

北村豐晴

精采對談

愛中文作家

新井一二三

引言：

新井一二三，用中文創作的日本人。大學第一次聽到四聲中文聲調「媽麻馬罵」就一聽鍾情，在咖啡店讀中文小說竟然還會臉紅心跳，簡直跟談戀愛沒兩樣……出版二十六本中文作品，說遇見中文等於改變了新井一二三的人生之路，絕對不過分。

北村豐晴，在臺灣生活將近二十年的日本人。擁有導演、演員、日式料理店老闆等多重身分，夢想成為一個最會拍「國片」的日本導演。

兩位同是學習中文的日本人，一位成為用中文書寫的作家，一位成為在臺灣落地生根的導演。難能可貴邀請兩位用他們喜愛的語言，進行這一場有趣豐富的對談。

對談 1 中文是任意門，也是武器？

對新井一二三來說，中文是「好聽好看又好玩」，中文好像一道任意門，在華人世界穿梭自如，那麼對於導演北村豐晴而言，中文是什麼氣氛呢？而兩位在學中文的過程中是否曾經遇到瓶頸？如果有，當初是如何克服學習語言的挫折？

新井：我學中文已經有三十五年了，還跟當初一樣喜歡它，該可以說到了「百年好合」的地步吧？我在學中文的道路上，似乎從來沒遇到過什麼瓶頸；因為喜歡，所以聽，所以看，所以寫，所以說，就是這樣而已。當我二十五歲移居加拿大的時候，還以為從此我跟英文的關係更加密切，跟中文恐怕要疏遠了。但是，誰料到？即使在北美東部多倫多待的六年半時間裡，我和中文的關係也越來越深，一點都沒受到英文這第三者的影響呢。如今已回家鄉東京定居將近二十年了，每天在網路上看和寫的中文，還是比日文、英文多。從前我常說，自己是在中國各地的鐵路上通過跟各地老百姓的談話中學到的中文，後來卻改說，是在世界各地的唐人街以及港臺新馬等華人地區，再加上中文網路上磨練出來的中文了！

北村：哇！哇！好厲害ㄋㄟ！妳對中文真的……中文是讓我更有自信的一種武器、工具。我從二十二歲開始學中文，那個時候很想當舞台劇演員，但是會演的人非常多，外型長得帥的人也很多，我卻什麼都沒有，所以想要去學一種武器。當初還以為大概一、兩年就可以學到一個程度，又看到徐若瑄、歐陽菲菲即使有自己的腔調，也能夠在日本發展得很好，我應該也可以學得不錯。但是學一學，都沒有學得很好，尤其是發音上一直都不是很標準。像我在臺灣已經住了快二十年，要搭計程車到通化街，一上車說我要到通化街，計程車司機馬上就問日本人嗎？我才說一句話就被發現了，接著司機就開始讚美，你中文說得很好，來幾個月了？我心裡默默回答十九年，覺得很不好意思。

對我來講，發音真的比較難，一開始很希望自己的發音可以像臺灣人一樣，但大概過了十年，我就想說好吧，就算了吧。有一段時間，我很討厭臺灣人聽不清楚別人講話時發出「蛤」的聲音，讓人很不想講話。我之所以很注意發音也是不想聽「蛤」的一聲。反正我講日文有關西腔，講中文有日本腔，兩種語言都有腔調，這是一個特色，發音的問題我已經放在旁邊，只希望大家聽得懂我講話就好。目前比較困擾的是，我的日語在退步，但是中文沒有進步，變得好像是個八成語言的人。

在學中文遇到挫折時，我只是繼續不放棄學習，再加上我很愛講，抱持著錯了又怎麼樣的態度，盡量講就對了。

新井：學語言真的有意思。我如今年紀一大把，而且住在日本東京，身邊又沒有講中文的朋友，可我的中文還是每天在進步。你相信不相信？就像最近到處有人談到的人工智能，先讓它記住了很多很多語句以後，它才能掌握人類的邏輯思路一樣，中文詞語之於我，也是在看了聽了很多次、甚至很多年以後，偶爾跟魔術一樣，忽然間變成自己的血肉，能夠自然用上的。這些年，因為網路等科技的發達，看聽中國或臺灣的文章、影片等機會，比過去多得多了。加上中文電影、影片，不都有中文字幕嗎？哪裡有更好的教材？我在等兒子從補習班回來的一、兩個鐘頭裡，就能看完一部電影，而且是免費或者價錢特別便宜的。今天的資訊環境，由我看來特別奢侈。當初，我買來學中文的卡帶，一盒要三千八百日圓（約合一千新臺幣）的。所以，年邁不一定是壞事；對周圍的一切能欣賞感恩。

對談 2　和中文一起生活，不寂寞嗎？

「多一個朋友，多一條路。」藉由中文，兩位都交上了許多各行各業的講中文的朋友，但對於自己周圍的日本朋友們，他們是如何看待中文？在日本生活圈只有自己講中文，不會特別寂寞孤單嗎？

新井：沒有啊。我的生活好比戴著看不見的3D眼鏡。任何事情都用日中英三種語言來思考，一切都變得立體，能看到別人看不到的角度，好比是楊德昌的導演作品《一一》的小主角洋洋拿照相機專門拍人家的背影一樣，真過癮。我有這副3D眼鏡，反而看得出來，即使在臺灣和日本這樣又親近又密切的國際關係裡，也都因為缺少對彼此語言文化的深刻理解，有時會發生嚴重的誤差，例如《灣生回家》原作者假造身世個案。至於在我周圍的日本朋友們怎麼看我的問題，還好我當上了大學教員，學術界有的是耽溺於專業領域不能自拔的所謂「瘋狂學者」（mad sccientists），我的瘋狂程度也不怎麼突出。

北村：我是靠緣分交朋友的，從剛開始在北京的四個月，接著到臺灣也都是靠朋友，所以我非常認同新井在書裡面提到的：「多一個朋友，多一條路。」這句諺語。來臺灣的日本朋友基本上都會中文，比我好程度的人很多，剛從日本來臺灣的演員一開始會很崇拜我，覺得我的中文很厲害，但過了兩年之後才知道我的中文程度其實還好。前陣子回日本發現講中文的另一個好處是，在餐廳講話時，其他客人不會知道你在講什麼，有一種包廂感；在臺灣講日文也是相同的道理。因此，我完全沒有感到孤單寂寞的時候，但如果在臺灣只會講日文，當然會很孤單，超孤單的。不過，跟語言沒關係，常常會有孤單的感覺倒是真的，哈哈哈。

新井：我好久不覺得寂寞了，因為在我腦袋裡，有很多很多不同國籍的朋友。今天就能夠在臉書上什麼的跟他們直接聯繫了。可是，臉書還沒有出現以前，我也天天跟他們在腦子裡進行對話的。這是不是作家才有的怪習慣？別人會以為我瘋了，是不是？不過，這些年來，我確確實實在自己的腦子裡，跟不同國籍的朋友們，用不同的語言聊天過來的。否則怎能寫出一本書？何況這已經是我第二十六本繁體書了。天天在自己的腦子裡開多國語言派對，好不熱鬧，不亦樂乎，不亦樂乎。

對談 3 臺灣與北京對兩位的影響

兩位都曾經在北京學習中文，新井多次來過臺灣旅行，北村甚至在臺灣定居將近二十年，想請兩位談談北京和臺灣對你們的影響是什麼？

新井：北京，尤其是我留學的一九八〇年代北京，就是因為跟當時的東京非常不一樣，所以特別吸引我，也叫我從那差距裡學到了很多東西，例如怎樣對待不同的文化，欣賞彼此的差異等。臺灣，尤其是我第一次去的一九八〇年代臺灣，就是因為跟日本很像，而且在某些方面比當年東京還要完整地保留二十世紀前葉的日本，所以特別迷惑我，也叫我通過那相似之處去學習研究兩地的過去。因為去了臺灣，我對東亞歷史、日本近代史的理解也變得更深了。還有，日本很多漢學家、中文專家都只懂北京的中文。幸虧我本人有過跟臺灣媒體工作的豐富經驗，對廣大華文世界的理解，可以說比別人要強。多謝臺灣！

北村：原來新井也是在北京學中文啊！我是一九九七年二月去北京，大概待了四、五個月就來臺灣。其實最初只想離開日本大阪去一個大城市，可能是東京、紐約、北京。東京沒那麼吸引人，紐約就是太貴，最後選了北京。九七年的北京真的很大，而且我第一天就被計程車司機騙，雖然很想找到他，卻有一輩子找不到他的感覺。北京大到讓我覺得人跟人之間很冷漠、疏離，那時候天氣又很冷，一切都很難融入、親近。後來我想先到臺灣找工作、學中文，再回北京發展，但因為沒有存到錢，也沒那麼想回北京，就繼續留在臺灣，那個時候也已經習慣臺灣的模式了。不過，我這幾年陸續都有機會去北京，現在的身分和以前完全不一樣，在北京的感覺也和從前不同了，人家問我哪兒來的，我直接回答臺灣來的，完全不考慮其他回答。

本來只想在臺灣待個一、兩年，後來要念大學時，才開始有長期計畫，花了八年時間從臺藝大畢業後，我發誓沒有拍出電影之前，絕對不要離開臺灣。影響的話，臺灣讓我感到安定，因為二十二歲以前，從沒想過自己會在一個地方定下來，通常都是每年分手、搬家、找新工作……這樣的循環，所以，臺灣是一個讓我穩定下來，想要落地生根的地方。

新井：我真的很幸運，去中國留學的第一年，能夠在北京學習普通話。當年中國改革開放剛開始不久，北京根本沒有現在那麼「大」，過馬路也沒有後來那樣得冒生命危險的樣子，感覺還有點像林海音《城南舊事》的世界。正如英國有所謂的國王英語、女王英語一樣，中文也有京片子這回事，全世界的華人都心裡有數。北京女人說話的聲音會特別高。她們也愛強調第一聲和第三聲，第二聲和第四聲之間的差距。結果，極其簡單的一個詞兒，例如學生食堂的工作人員喊的「小盤兒豆腐」或者當年公共汽車售票員喊的「沒票兒的買票兒，沒票兒的買票兒」，都猶如英國皇后樂團的已故主唱佛萊迪・墨裘瑞演唱一般叫人無法忘記。

再說，當年北京的計程車司機也不敢騙外國人，因為在當時的中國，得罪了外國人搞不好會被槍斃。果然，而全世界的計程車司機裡面騙我最厲害的在倫敦。至於臺灣國語呢，乍聽，好比是用中文講的日文。「謝謝光臨，歡迎再來」，聽起來就是「またのご来店をお待ちしております」。也許是臺灣人的儀態跟日本人相似所致吧？總之，當年北京根本沒有人那樣講話的。

對談4 如何切換中日文的思考模式？

工作思考的時候習慣用中文還是日文思考，或是混合使用呢？用中文工作和用日文工作的感覺有什麼不同？

新井：我是三語人。看日文時用日文思考，聽中文時用中文思考，寫英文時用英文思考，之間的切換是完全自動的。想到臺灣的朋友們，我的腦袋就啟動中文OS，想到日本的朋友們，則啟動日文OS。所以，這次跟以日文為母語的北村導演用中文進行對談，對我來說是滿特別的經驗。至於用不同語言工作時候的感覺呢，母語和外語畢竟很不一樣。我用中文工作時候的感覺，也許像別人去國外旅行時候的感覺吧，很新鮮，很興奮，自己得以解放似的幸福和自由。

北村：我和新井一樣，很少一邊講中文時，一邊講日文，中日的切換滿自然的。不過，這次去日本工作時，要當中間的翻譯者，偶爾會當機，一時之間轉不過來，和臺灣人講日文，和日本人講中文。其實我的中文並不是那麼好，卻經常用中文思考，會變得更簡單、直接，所以基本上，我會混合使用中文和日文思考。日文和中文最大的差別，就是日文需要辨別需要使用敬語的時機，中文就沒有這方面的困擾。我用日文工作時，通常習慣用敬語，但如果對方沒有用敬語，我會覺得怪怪的，用中文工作時，就沒有這樣的感覺。用中文工作時，感覺比較輕鬆、不受拘束；用日文工作時，好像穿了一件很緊的高領毛衣，很想脫掉但是又不能脫掉。

新井：會說兩種語言，不等於就能當翻譯。兩者真不一樣。我幾乎沒做過中文翻譯，因為我太喜歡自己講話。聽別人講話而要翻成另一種語言，我自己說話的機會就沒有了。可不是吃虧嗎？其實，不說出來也沒多大問題，但把自己的腦袋用別人的話來填滿，我會覺得太痛苦。所以，已經很長時間我都不做翻譯了，尤其是口譯。

對談 5 最喜歡的一道中式料理

新井和北村都是熱愛品嚐的美食家，兩位可以告訴讀者們自己最喜歡的一道中式料理是什麼？為什麼？

新井：選擇一道太難了，因為有很多。首先就得提羊肉啦，北京的烤羊肉、涮羊肉，因為日本幾乎沒有羊肉吃。臺灣則是小吃天堂，有臺南擔仔麵、臺北後巷的麻油麵線，還有我們全家始終懷念不已的高雄旗津烏魚子。不過，在我家最常談到的其實是臺灣的蔬菜，如高麗菜、絲瓜等，不知為何特別好吃？

北村：我真的很喜歡吃餃子，目前最喜歡吃的餃子店有兩家：餃子樂、巧之味。另外，我也好喜歡吃麵，就像山東人一樣。前段時間迷上了川菜，常常去川菜館吃飯，但是最近很少去。試了各式各樣的菜，繞了一圈才發現，餃子是我的真愛。它也沒有那麼特別、漂亮，但是很溫馨，一直默默守在我身邊，冰箱裡存在，外面也存在，它不會讓我失望。因為有些菜在不同的餐廳吃會有很大的落差，尤其是那種頂級的菜，做得好的超好吃，做得差的超難吃，但餃子通常都還ＯＫ。

新井：除了羊肉以外，中餐裡常見而日本菜裡缺席的，還有內臟肉。比如說豬大腸，我去了臺菜館就一定要點啦。還有果仁，在北京的時候經常吃宮保肉丁、腰果雞丁。有一次在臺北的客家館子喝到的擂茶也好令人懷念。對了，很多年前在臺北的京尹兆吃過一種點心，好像是用果仁做的布丁那樣，吃著就有很會補腦的感覺，味道又非常好，至今我都忘不了。

對談 6 影響兩位最深的一部電影

新井在明治大學開設華文電影課，而北村則是執導多部電影、電視劇的導演，兩位對華文電影都很有研究，如果要選出一部影響自己最深的電影，會是哪一部呢？

新井：又是選一呀，真會難住我啊。我喜歡的電影可多了，例如《海角七號》叫我寫了一本書，我對它的熱愛，連魏德聖導演都覺得有點誇張了吧？講到對人生的影響，也許要舉王家衛導演的《重慶森林》了，因為電影上映的一九九四年，我就是從加拿大搬去香港，開始演延長的青春期之最後一幕了。直到一九九七年七月一日的主權轉移典禮，我住在港島灣仔星街七號。那一段時間，我生命的主題曲是羅大佑的〈皇后大道東〉，電影則是《重慶森林》。英國殖民地最後的日子一天一天過去的焦慮感，很好地被掌握在那部充滿數字遊戲的影片裡。

北村：原來新井喜歡《重慶森林》啊。我會選蔡明亮導演的《愛情萬歲》，看完這部電影之後，真的很想學怎麼拍電影，它可以算是我的啟蒙電影。當時還沒看過這類型的電影，是一種全新的電影形式，甚至幻想自己可以拍出這種感覺的電影。不過，我誤會了，就算現在拍了這麼多部電影，我還是無法拍出像蔡導那樣的片子，而且離他的電影風格越來越遠了。他的確是我很崇拜的一個前輩，但是我們的電影風格不一樣，完全呈現一個極端。

新井：我也很喜歡北村導演的《阿嬤的夢中情人》，因為充滿著對臺灣電影的愛。可笑的是直到這次對談，我才發覺原來導演是日本人。當初根本沒有想到也沒有感覺到。雖然姓名像日本人，但是影片的內容和風格不是都非常「臺」嗎？又有那麼多臺語對白。於是，我還以為是個取了和風藝名的臺灣人呢。這可以說是很大的成就了。還有，導演令尊，穿白衣戴白色高帽的樣子，怎麼那麼帥？一點都不遜色於職業演員！

對談 7 如果生命中沒有中文？

這是一個假設性的問題，兩位是否能夠回答如果沒有中文，那麼現在的自己，又會有什麼不同的情況？

新井：很不一樣，完全不一樣，根本不一樣到我不認識那個人。沒有錯，就是中文塑造了新井一二三這個人的。若在我生活中沒有中文的話，哪來的用中文寫作的日本人？所以，可以說，我其實是中文的女兒！

北村：我也有想過這個問題，當時在考臺灣的大學，其實還可以選擇輔大西班牙語系。如果考上西班牙語系的話，搞不好我現在不會拍電影，也許會去西班牙語系的國家發展，而且世界上使用西班牙語的國家最多，每年換一個國家生活，在那邊開連鎖餐廳，我也不會是現在的我。如果生命中沒有中文的話，我應該會在中南美洲發展，臺灣不會有人認識北村豐晴。

新井：臺灣是我兩個小孩平生第一次去的外國，臺灣人也是他們第一次接觸到的外國人。臺灣人跟日本人相比，對小朋友熱情得多，很多人願意把他們抱上來走一圈的。第一次到臺灣時，他們都一歲，而從那年紀起，對臺灣只有很好的印象。叫我特別高興的是，如今他們都已經是青少年了，毫不猶豫地相信世界是對他們友好的地方。這要歸功於臺灣人的外向、好客、善良！

結語

新井像是談戀愛般學習中文，北村則抱持不放棄的態度持續練習中文發音，從對談中，可以比較兩人之間不同的學習經驗，工作思考模式和喜歡的電影、美食。如今，兩位在各自的領域發光發熱，也一致認同，中文，讓他們成為現在的自己。

參

從沒想過，他們會成為中國第一支搖滾樂隊……

我愛北京搖滾樂

肆 原來，我可以認識這些有故事的人

中文帶我到世界交朋友

伍 品嚐吃過的美食，找食譜憶當年

中文帶我吃遍全世界

陸

在影片和影片間找對話

中文陪我欣賞電影

【自序】

中文邊緣上的眺望

最近去新加坡演講，在公共圖書館的演講結束後，聽眾裡有一位年輕女士舉手要提出問題。首先，她向我說：謝謝您今天講中國的歷史給我們聽。一時，我目瞪口呆了，因為我講的是自己年輕時候去北京留學的回憶。當然，三十多年前，剛開始改革開放不久的中國，晚上在黑漆漆的長安街上，連一輛汽車都看不到，有一群待業青年不知從哪裡摸黑出來，趁機踢起足球來……的故事，由「八〇後」看來是十足的歷史了吧。真沒想到，人活著，自然而然地變成一本歷史書。

過去二十多年，我用中文寫的書，最多是關於故鄉東京的：《我這一代東京人》《東京迷上車：從橙色中央線出發》《東京上流》《東京的女兒》《偽東京》《偏愛東京味》《東京人》《東京故事311》等比比皆是。其次是關於日本文學或者閱讀的：《東京閱讀男女》《我和閱讀談戀愛》《讀日派》《可愛日本人》等。以及漫談日文的：《和新井一二三一起讀日文：你所不知道的日本名詞故事》《和新井一二三一起讀日文【貳】：你一定想知道的日本名詞故事》。另外也有兩本旅行專書：《獨立，從一個人旅行開始》《旅行，是為了找到回家的路》，以及一本臺灣專書：《臺灣為何教我哭？》。偏偏缺席的是，作為這一切前提的：我多麼喜愛做中文作家。

從學習中文到當上職業作家的道路上，我有過許多有趣、難忘、奢侈、特別的經驗，雖然也有過一些可憐、悲慘、倒楣、糟糕的。因為我是土生土長的日本人，而且曾在加拿大待過六年半，做中文作家，就不外是過雙語人、三語人的日子。無論是什麼時候、看什麼問題，我都習慣從三個不同的角度來觀察、思考，結果往往產生一些與眾不同的觀點或感想。另外，在兩岸三地的報刊上，寫了二十多年的專欄以後，我也自然地從各地人的日常生活中找出人類普遍的現象、故事。

開車的人覺得：如果沒拿到駕照，這一輩子肯定會很不同。養育孩子的人則覺得：如果沒有生育，這一輩子絕對會不一樣。生為日本人的我，學會中文當上了中文作家，好比擁有了能無限擴大行動範圍的超高性能汽車，也好比自己生下的孩子們各自遠行到異鄉跟當地人交朋友。中文猶如另一本護照，也猶如哆啦A夢的任意門。同時，因為我來自中文世界之境外，始終覺得自己處於遠離中原的邊緣上，誰料到那位置偶爾給我帶來旁觀者清的眺望。

我在這本書裡寫的，可以說是很個人的故事：一個日本人如何跟中文談戀愛。不過，我也相信，其實我的經驗一點也不特別。凡是談過戀愛的人，不管對象是人、語言，還是旋律、數列，甚至是一陣風，都會說：這裡說的跟我自己經歷的，不就是一樣嗎？

壹

令人怦然心動的「媽麻馬罵」

—

我和中文談戀愛

只有日語的壽司店

小時候，在我生活中，只有一種語言：日語。家裡的大人，沒有一個會說英語，更不用說漢語了。說到外國，無論是當時還是現在，日本人想到的首先就是美國。

今天，中野最出名的是專門經售跟日本動漫相關商品的「MANDARAKE」，位於我小時候經常被母親帶去買日常用品的「中野百老匯」商場裡。如今的「中野百老匯」是有點兒老氣的商場，可是從前曾非常時髦，連大紅歌星老虎樂隊的主唱澤田研二、小說家兼後來的東京都知事青島幸男都住在那裡。再說，青島當年在「中野百老匯」二樓開的義大利麵店就是日本義大利麵專賣店的始祖。

當我出生的時候，父母親和大我兩歲的哥哥，住在爺爺開的壽司店後面。爺爺年輕的時候，從東京西北方埼玉縣熊谷的農村跑到首都來，跟同樣也是神奈川縣農村出身的奶奶結婚，在當年日本國鐵（現JR）中央・總武線東中野火車站附近定居下來，先開了木屐店，後來開了壽司店。

父親生前給我講過，他記得小時候跟爺爺早上一起坐有軌電車到位於築地的鮮魚批發市場採購，買了很多魚，回程則坐「圓的」（円（圓）タク），即當年不管坐多遠車費一律收一塊日圓的計程車。然而，好事多磨，爺爺四十多歲就中風，從此便半輩子都半身不遂。當時，奶奶剛滿四十歲，有五男三女共八個孩子，最小的妹妹還在吃奶。為了養活一家十口子，奶奶只好替爺爺當起家來，雇請了廚師和跑堂的小伙子，也叫孩子們幫幫忙，合力經營一家專門供應壽司的餐廳，叫做「朝日鮨」。我出生的時候，除了我父母親以外，還有叔叔、嬸母都一起在店裡工作。另外，也有未婚的小姑和小叔。總的來說，那是一個很大，很熱鬧，也完全日本的家庭。

小時候，在我生活中，只有一種語言：日語。家裡的大人，沒有一個會說英語，更不用說漢語了。說到外國，無論是當時還是現在，日本人想到的首先就是美國。在我的孩提時代，電視上播放著很多美國連續劇、卡通片，如《Lucy Show》《Tom and

Jerry》等等。大家很嚮往美國，以為美國是全世界最富有、先進、民主、自由而「女性請先」（Ladies first）的國土。那年代日本電視上很受歡迎的益智比賽節目《Up Down Quiz》，冠軍拿到的獎品是去夏威夷的團體旅行票，是日航空姐邊給佩戴花環邊送上去的，多麼富有戲劇性。能跨越太平洋到達北美大陸的，只有考取了傅爾布萊特計畫獎學金的菁英分子，其他人只有嚮往的分兒。所以，連後來成為御宅族聖地的商場都要取「中野百老匯」那樣崇美的名字。

同時，在我們的生活環境裡，最常接觸到的外國文化，其實是臺灣、香港等海外華人的文化；當年日本跟大陸的中華人民共和國還沒有建交。電視上的流行音樂節目，如《紅白歌のベストテン》（紅白歌曲前十名）《夜のヒットスタジオ》（晚上的暢銷曲播音室）等節目中，有臺灣來的歐陽菲菲、Judy Ongg（翁倩玉），還有香港來的Agnes Chan（陳美齡）等。那些華人女歌星，連名字都特別到普通日本人無法準確發音。比如說，我母親一直把歐陽菲菲說成「歐陽灰灰」，因為她唯一熟悉的日語裡，偏偏缺席「f」音。那些華人歌星當時都唱日文歌曲，如歐陽菲菲的〈下雨的御堂筋〉、陳美齡的〈麗春花〉。她們的日語有獨特的外國腔，很是吸引日本人，乃無意間形成迷人的異國情調所致。

一九七二年，我小學五年級的時候，日本跟中華人民共和國建交。對於從中國大陸來的第一個明星，我至今印象特別深刻。那是一對大貓熊叫蘭蘭和康康。為了看牠們，東京上野動物園天天排上了長長的人龍。當然，我也去看了。

差不多同一時期，有來自香港的雙胞胎組合「樂家姊妹」，在日本樂壇用了個藝名叫做鈴鈴蘭蘭，顯然是學了大貓熊的。各留著左右兩條長辮子的鈴鈴蘭蘭，打扮成北美印第安小女孩模樣，演唱的歌曲也叫〈相思的印第安娃娃〉，叫人搞不明白雙胞胎到底屬於什麼種族、什麼文化。實際上，她們是美中混血兒。儘管如此，兩個女孩在電視廣告中唱的「鈴鈴蘭蘭留園，鈴鈴蘭蘭留園，去趟留園，吃到幸福！」一段，在當年東京，可說膾炙人口。

位於東京電視塔附近芝大門的留園是一家超高級的中餐廳，我根本沒福氣光臨，也根本不知道那家店是清末洋務運動的代表人物盛宣懷的孫子盛毓度經營的，更不知道如今被列為世界文化遺產的蘇州留園曾經的確屬於他們盛家所有。

橫濱中華街的神祕語言

一頓中式晚餐，即使沒有炒菜而只有主食和湯水，在當年日本人眼裡，還是充滿異國情調，叫人無限興奮的飲食經驗。

記得小時候，一到週末父親就開車帶我們去臨近東京的橫濱中華街，或者位於中心區銀座的中餐館萬壽園，為的是好好吃一頓中國菜。

今天回想起來，有點好笑的是，我父母親完全不懂得點中菜，於是亂叫鍋貼啦、燒賣啦、春捲啦、炒麵啦、炒飯啦，也就是多種主食和點心，然後再叫一大碗玉米湯，以為畫龍點睛了。至於甜品，始終只有一種：杏仁豆腐。我被父母帶去中餐廳，似乎從來都沒吃過什麼炒菜。所以，有一次小姑夫婦帶我和他們的獨生女去位於新宿的東京大飯店，叫了一盤青豆蝦仁，既好看又好吃，讓我真是大開眼界了。連小孩子都懂一盤青豆蝦仁絕對比鍋貼、炒飯高級昂貴。無論如何，一頓中式晚餐，即使沒有炒菜而只有主食和湯水，在當年日本人眼裡，還是充滿異國情調，叫人無限興奮的飲食經驗。

另一方面，我也非常喜歡橫濱中華街那大紅大綠的色彩，跟日本街頭始終以素色為主的光景很不一樣。到了年底，華人開的食品店，從橫梁上掛下臘肉來賣，其中有好像是壓扁過的臘全鴨，我至今印象特別深刻，怎麼也忘不了。因為平時在日本人開的商店裡，連全雞都很少看得到。日本人歷來肉吃得很少，肉鋪賣的雞肉是解剖過的雞腿、翅膀、雞胸肉。甚至特地切開雞胸肉中貼骨頭的一部分，將其命名為「竹葉肉」（笹身，ささみ，sasami）而高價出售，因為那一塊肉的形狀看起來像一片竹葉而且肉質也最柔嫩。日本廚師會把「竹葉肉」燙一下後冰鎮，切成小塊並配上哇沙米綠芥末，弄成一盤「鳥哇沙」（鳥わさ、tori-wasa）供應。至於鴨子呢，日本商店甚少販售，東京小孩只知道那是安徒生童話《醜小鴨》裡的群眾角色。何況是全鴨而且是壓得扁扁油光光的全臘鴨，又不僅一隻，是有好多隻的，簡直像南洋長的香蕉一般密集在一起的畫面，對我有天大的衝擊力，或者說是平生第一次的文化震撼了。

當時我沒有口福嚐到臘肉，因為父母都根本不懂怎麼做怎麼吃。後來，去廣州中山大學留學的時候，我才在當地朋友家裡吃到臘鴨子而覺得味道鮮美，沒什麼可怕的。不過，我得補充：一九八五年廣州街頭的燒肉鋪，掛賣著比臘全鴨更有衝擊力的貨色，即沒頭留尾的烤小狗。

在橫濱中華街商店裡工作的人，跟我們說日語有外國口音，但是他們彼此之間講的到底是什麼神祕語言，我很長時間都不知道。後來，上了早稻田大學，有個譚姓同學是來自橫濱中華學校，家人在伊勢崎町開中餐館。他告訴我：在中華街，講福建話也就是閩南話的人占多數。原來，那些夥計們講的，大概就是閩南話。

對中文一聽鍾情

真沒有想到世上竟然有這麼好玩的語言！我覺得，說中文簡直跟唱歌一樣舒服，而且有大腦裡分泌出快樂荷爾蒙多巴胺，叫人出神的感覺。

一九八一年我念早稻田大學政治經濟學系，作為第二外語選修了漢語。說起來好神奇，我在一年級第一學期的第一堂課上，就對它一見鍾情了。更準確地說，我對它是一聽鍾情，因為最初吸引我的是漢語的聲音，尤其是聲調。

在課堂上，老師教我們說：媽、麻、馬、罵。

第一聲「媽」呢，好比是演員培訓班的發聲訓練一樣。在咱們早大大隅禮堂外，不是天天都有穿著運動服的男女一會兒翻跟斗，一會兒發出很大的聲音嗎？就是那個樣子了。同學們，嘴巴大開，吸進空氣，大聲說「あー」。現在，大家一起說說看「媽」！好。

第二聲「麻」呢，是當你吃驚，不敢相信自己的耳朵，自然發出抗議的聲音時，就會說「えーっ？」對不對？就是用那個調子說「麻？」對了，對了。

至於第三聲「馬」呢，這是你聽到別人講話，佩服不已的時候，會說出來的「へーえ」，就是用那佩服的調子說「馬」。不錯，不錯。

最後是第四聲，學一下烏鴉即可。牠怎麼叫呢？「かー」，對不對？好，現在大家學烏鴉的調子給我說「罵」。好極了。

現在，把四個聲調連起來說說看。「あー、えーっ、へーえ、かー」，「媽、麻、馬、罵」。

我們做學生的都目瞪口呆。哎喲，原來這個世界上，有這麼好玩的語言呢！從小就說有聲調的語言長大的人，也許司空見慣，感覺不到吧。但是，我們日本人從小講的是平坦到不可能再平坦的日語，あいうえおかきくけこさしすせそたちつてと，說話跟念經沒有區別，結果越說越發睏。

以我姓名あらいひふみ（Arai Hifumi）為例。曾經在加拿大的時候，有位老師問過我：在妳名字中，重讀音節是哪一個，是HIfumi還是hiFUmi，抑或是HifuMI？我只好老老實實地回答說：沒有，全平，是hifumi。多麼不好意思啊！相比之下，那「媽麻馬罵」要說出來，首先得吸進很多氧氣，然後說話要動的肌肉範圍也特別廣，從氣管底下到口腔裡各個地方的肌肉，全要動員起來。連舌頭都一會兒得使勁說「了」，一會兒得捲起來煞有介事地說「人」。

真沒有想到世上竟然有這麼好玩的語言！我覺得，說中文簡直跟唱歌一樣舒服，而且有大腦裡分泌出快樂荷爾蒙多巴胺，叫人出神的感覺。直到今天，我站在課堂上教日本學生漢語，每次都自然會非常開心，不由得高興起來。

記得那天下課回家的路上，我們班的同學們，都彼此說著剛剛學會的中文客套話「麻煩你了！」「不麻煩！」「明天見！」等等，叫行人們詫異地注視：這批人怎麼搞的？難道瘋了是不是？除了年輕人確實容易瘋瘋癲癲以外，主要還是中文非常好玩所致。

那年在早大政治經濟學系教我們漢語的是日本數一數二的中文音韻學專家藤堂明保先生。多年後回想初學中文的日子，我不能不覺得自己的運氣特別好。藤堂老師當年還兼任飯田橋日中學院的院長，所以我也不久就開始上日中學院夜間部了。

在早大政治經濟學系，第二個中文老師是當年剛從北京過來不久的楊為夫老師。楊為夫老師的教學方法，強就強在對北京話的發音要求非常嚴格，尤其對日本學生很難掌握的捲舌音，絕對不允許馬虎。站在學生座位旁邊，楊老師簡直要把手臂放進嘴裡似地嚴厲要求：「把你的舌頭弄成湯匙形狀，然後往裡，再往裡，更往裡，好，現在說給我聽：這、是、什麼、書？」當我們學外語時，掌握準確的發音至關重要，但是教發音卻非常費事，很不容易。所以，我至今衷心感激楊為夫老師當年熱心的教導。

中文好聽、好看又好玩……

我和中文談戀愛，剛開始的一年是全靠耳朵和嘴巴。中文聽起來很悅耳，說起來則由大腦分泌出快樂荷爾蒙來，令人特別高興。

當年，我們剛入門第一年用的中文課本，是以漢語拼音為主，以簡體字為輔。連我們用的《岩波中國語辭典》也像英文辭典一樣，按照羅馬字的順序排列字詞。比如說，要查「中文」，就查z-h-o-n-g-w-e-n，不外是為了叫日本學生專注漢語普通話的準確發音。

眾所周知，日文也用漢字。日本的小朋友，在小學畢業以前，就要學會一千零六個漢字，在高中畢業之前，則要學好大約兩千個漢字。雖然經過第二次世界大戰以後的國語改革，當代日本漢字的字體，跟中國大陸的簡體字或者在臺灣、香港通行的正體字都不完全一樣了，但是稍微花點時間就可以習慣，會看懂。這情形跟歐美大學生得從頭學方塊字，居然是兩回事。當日本人讀起中文來，學習漢字的過程基本上可以免除掉。反之，重點在於：如何排除漢字的日本讀音造成的干擾。要是把「中文」兩個字，用日語發音唸成「ちゅうぶん，chuu-bun」，或者把「漢字」兩個字念成「かんじ、kan-ji」，可不行，誰也聽不懂。所以，教日本學生中文，藤堂老師的想法是：剛入門的時候趕緊抓好發音，把時間花在漢語拼音的讀寫上；過一年，到了中級階段，才引進中文閱讀都不遲。

我和中文談戀愛，剛開始的一年是全靠耳朵和嘴巴。中文聽起來很悅耳，說起來則由大腦分泌出快樂荷爾蒙來，令人特別高興。果然世界上，中國人、華人歷來以愛說話聞名。我也馬上受到影響，除了在學校裡聽聽說說以外，回到家裡，還要聽錄音，甚至洗澡的時候也把錄音機放在洗澡間的玻璃門外，聽著播放的聲音洗洗刷刷時而出神了。

我認為，戀愛的本質在於：在對方的存在裡發現美。有人喜歡聽音樂，覺得特定的旋律或者音色無比美麗；有人喜歡繪畫，被特定畫家作品裡的美迷住了不能自拔。一個年邁的數學家在退休演說中說道：他中學時發現了數列之美，後來的五十多年都沒有變心。即使喜歡運動或者騎摩托車等熱愛戶外活動的人，我也相信他們從中發現了某種美。

現在，我教日本學生中文，常提到：中文的「漂亮」兩個字是「美麗」的意思。但是

「漂浮」的「漂」和「光亮」的「亮」，加起來怎麼會有美麗的意思呢？據說，是公元前的中國人把絲綢放在水裡洗淨的時候，看到光線反射，水中發光，覺得非常美。所以，他們後來用「漂亮」兩個字來表示「美麗」。也許，你們之中有人談過戀愛吧，請你回想一下，當你從遠處看到他／她的時候，有沒有發現，在眾多人裡面，只有他／她一個人顯得特別亮？那就是古代中國人看水裡的絲綢發現的美，顯然視覺跟心理以及思維，全串在一起。美不美啊？所以，我跟中文談戀愛呢。

言歸正傳，講回我開始學中文的第二年。經過專門看拼音的春夏秋冬，教材上終於出現中文簡體字了。我在課餘時間自己看中文小說，是當年日本的一種教材，翻開看時，左邊印著簡體字原文，右邊印著羅馬字的拼音。那樣子，邊看小說就可以邊學中文普通話的發音。如果遇到生詞，按照拼音去查《岩波中國語辭典》也方便得很。就那樣，二十歲的我看了魯迅的《吶喊》、老舍的《駱駝祥子》、巴金的《家》、茅盾的《子夜》等以五四文學為主，中國一九二〇、三〇年代的經典作品。

魯迅、老舍描寫的世界，是二十世紀初，從清末到民國，用當年大陸的說法就是解放以前的中國社會，跟我生活的一九八〇年代日本完全不同，也一點兒都不像大紅大綠的橫濱中華街。反之，中國近代文學普遍很黑暗，卻有獨特的美，安靜到幾乎是無聲且很深刻的。一時我深受吸引，甚至有一次，在東京高田馬場火車站對面芳林堂書店大樓地下的一家咖啡館，邊喝咖啡邊看中文小說，忽然發覺自己心跳得特別快，臉都有點發熱了。怎麼回事呢？果然，我看中文小說時的生理反應，跟談戀愛時一模一樣。

可以說，從一聽鍾情開始的戀愛，當時就進入了第二個階段。尤其與張愛玲的作品豔遇以後，我被中文之淒美與華麗深深迷住了。若說五四文學叫我看到了中文理性、男性的一面，張愛玲則叫我看到了它感性、女性的一面。總之，全部用漢字寫的中文，一看就跟英文、日文很不一樣。

英文用的是標音而不表意的羅馬字，結果第一印象平靜得猶如黑白照片，需要讀者在自己的腦子裡用手工把一個又一個標音文字像玻璃球一般串起來，整個畫面才會變成彩色項鍊，從中浮現出各種故事來。至於日文，標音的兩套假名和表意的漢字混合在一起，乍看就像縱橫填字謎，叫人非得匆匆把假名表達的聲音跟漢字表達的內容結合起來確定文意。

有一位中國編輯說：日文因為夾著假名，給人不確定、曖昧的感覺，叫人不舒服。但是，同一件事情，由一位臺灣編輯說來，倒成為：日文因為夾著假名，想像的空間很大，給人自由的感覺。相比之下，中文畫面全由表意的漢字組成，包括象形和會意，一個又一個漢字都開著嘴巴自我主張，給人的印象好不熱鬧，就像橫濱中華街的大紅大綠商店招牌以及密密麻麻的臘鴨子。那感覺也很像香港茶樓裡賣的很多種點心，或者說是英國庭園裡盛開的種種花兒，又或者說是在托兒所窗戶邊等著媽媽來接回家的娃娃們。總之，叫我覺得非常親切。

哆啦A夢的任意門

我開始把中文當作日本護照以外的另一本通行證，或者說哆啦A夢的任意門也好，大膽地走世界各地了。

上大學開始學中文以後，我的世界一下子擴大了。原來，在地球上，除了日語和英語以外，還有中文和其他語言，除了日本和美國以外，還有很多國家地區，五花八門的民族文化、生活方式。作為一則知識，我當然早就知道。可作為親身經驗，卻是上大學以後才體會到的。例如，在日中學院執教的，除了大陸來的中國籍老師以外，還有南洋馬來西亞、新加坡來的老師們。我當年才二十歲左右，對世界歷史地理的理解非常有限，當初搞不明白為什麼馬來西亞人、新加坡人教中文？其中有一位陳志成老師對我人生道路的影響非常大，因為就是他給我介紹看香港雜誌，而我後來的中文作家生涯，就是從那份香港雜誌上發表的文章開始的。

當時，一九八〇年代初的中國，改革開放剛開始不久，傳播媒體仍然全屬於國家和共產黨。臺灣也還沒有解嚴，在蔣家王朝獨裁下，有所謂「報禁」控制著言論活動。相比之下，香港雜誌不僅屬於民間，而且內容世俗得很。在我第一次買的一期雜誌上，登著已故披頭四主唱約翰・藍儂的華裔女朋友，即他和日本籍太太小野洋子之間的第三者，寫的札記。沒錯，完全八卦，而我一下子給它迷住了。中文啊中文，你除了好聽、好看以外，原來還這麼好玩啊！可以說，我當時就發現了：中文不僅僅是中華人民共和國的語言，時間上，它擁有悠久的歷史，空間上，它通行於全球華人社區。

中文有世界性。這一則發現對我人生的影響無比大。英文是如今的世界語言。再有了中文，地球上行走的自由度又會大幅度提高。我開始把中文當作日本護照以外的另一本通行證，或者說哆啦A夢的任意門也好，大膽地走世界各地了。

最早的目的地是中國大陸。我拿到中國教育部的獎學金，從一九八四年到八六年，前後兩年在北京外國語學院和廣州中山大學留學。每次放假，我就背上紅色大背包獨自去大陸各地旅行。中國是跟歐洲一樣大的大陸國家，即使在漢族居民占多數的沿海地區，每個地方的方言之間仍有相當大的區別。上海話、福建話、客家話、廣東話和普通話之間的關係，如果拿到歐洲去的話，好比是德語、法語、義大利語、西班牙語和英語的關係了。簡單來說，彼此不通。

然而，在中國境內，大家除了母語方言以外，還會說在學校念過，在廣播上、電視上、電影院裡聽到的普通話。所以，無論在東北哈爾濱，還是在四川成都，大部分中國人都聽得懂我說的話。那經驗真的好過癮。我發現：其實不少中國人每天都講三種語言生活。比方說我去廣東省順德，即周潤發的老家旅行時，在當地中旅酒店前檯工作的女孩子，跟我講普通話，跟同事講順德話，接電話時則講省會廣州的廣府話，而且語言之間的切換完全自然圓滿，簡直像變魔術一般。

當年中國的物價還很便宜，加上公費留學生處處受到優待，所以，我才能夠去離北京、廣州很遠的少數民族地區。第一次是內蒙古自治區的滿洲里，乃中國和俄羅斯，當年蘇聯的邊境小鎮。我是五月初勞動節假期去的，北京已經是初夏了，但是隸屬內蒙古自治區的北國小鎮仍在冬季，大湖泊中心結的冰還沒有融化。街上看得到很多穿著民族服裝的蒙古族人。他們住在五百公里之外草原上的蒙古包，好不容易來到鎮上辦事情。族人彼此之間說蒙古語，但是跟漢人，跟我則說普通話。他們個子並不高，但是力氣卻就特別大。看來滿可愛的小伙子，開啤酒瓶不需要用開瓶器，用三根指頭就開得了。

幾個月後，我到了新疆維吾爾族自治區的烏魯木齊、吐魯番、喀什，乃從北京坐幾天的火車，然後改坐兩天的巴士越過塔克拉瑪干沙漠去的。我從小夢想坐夜車、長途巴士一個人闖世界，這回兒時夢想成真了。那巴士的乘客大多是當地維吾爾族人，彼此說民族語言，但是念過書的人都會說普通話。維吾爾族是能唱善舞的民族，晚上巴士停在綠洲上的小旅館過夜，他們吃完晚飯後，男女老少都隨著小提琴伴奏跳起舞來，真有意思。而且跟他們在一起，就吃得到別處沒有的西域美食，例如我在中國大陸吃過的麵條裡最好吃的羊肉拉條子。那兒就是歷史上聞名於世的絲綢之路，連馬可・波羅、帶著孫悟空的唐僧都走過。跟一批維吾爾人一起旅遊，好比自己成了書本裡的登場人物，說印象深刻到一輩子難忘都一點也不誇張。

從新疆，我回到甘肅省會蘭州市，趕緊吃兩碗蘭州牛肉麵：一碗清湯加香菜的，一碗麻辣的。那是我在火車上認識的幾個漢族小伙子介紹的，果然好吃到能跟新疆拉條子媲美，或者說是一個香妃，一個楊貴妃吧。我在蘭州也看到了滾滾而流的黃河上游，真是跳進去都一定洗不清了。然後，匆匆搭上往西的火車去青海省格爾木市。窗外看得到氂牛，乃像披上了毛毯一般的牛，遠處地面上則有白色如霜的礦鹽，原來很久很久以前，青海高原曾是大海。

且讓我提醒你：青海高原在海拔三千五百米以上，也就是跟日本最高峰富士山頂差不多。確確實實是滄海桑田，沒得說了。

從格爾木，我又坐兩天的巴士越過海拔五千米的高山區去西藏拉薩。路上的故事也不少。例如，有幾個法國人老跟著我，要我幫他們當翻譯。人家要表達的永遠是：bread and omelet（包子和炒雞蛋）。極其簡單的一句話，卻需要找個會說中文和英文的人，才能叫廚師明白，否則得挨餓，搞不好還會餓死。剛去中國不到一年，我已經成了掌握著法國旅客生命關鍵的重要人物了。當地老百姓則以驚訝的眼光看我這個通多種語言的神祕外國妞。那裡的山，炎夏八月還冠著雪，被太陽照著很像稍微融化的霜淇淋。藏族人的民族性格跟維吾爾族人恰恰相反，是非常嚴肅老實的。

當年，他們跟中央政府的關係沒有後來差，但是願意說漢語的藏族人不是很多。當然，在旅館、餐廳等地方，從事觀光服務業的都會說漢語。

除非會說普通話，我當年一個人背著大背包跑中國的邊境地區，肯定沒那麼容易順利了。我對邊境和半島情有獨鍾。後來也去了位於緬甸邊境的雲南省西雙版納，位於天涯海角的海南島三亞鹿回頭等少數民族居住區，都是靠講普通話來解決各種問題的。

用中文暢行華人世界

是否我前世是一個中國人？否則，說中文的感覺怎麼會這麼自然呢？不過，這也有點像戀愛了：彼此相愛的兩個人，往往覺得，對方是前世來的老親人，對不對？

去中國留學兩年，我通過親身經驗深深體會到：中文在本質上是不同方言講者之間的共同語言，好比中世紀歐洲天主教區的拉丁文。其實，公元十七世紀，進入中國大陸的耶穌會傳教士如利瑪竇等，就是在寫給羅馬的書信中，把中文官話比喻成拉丁文的。而眾所周知，當年中國官場通用的官話，通過十九世紀、二十世紀的幾場革命和現代化，翻身為民國的國語、人民共和國的普通話。

相比之下，我的母語日文則相當於中國一個地區的方言例如上海話，具有明顯的封閉性，跟中文的包容性呈現清楚的對比，乃普遍性層次之不同所致。當日本人聽到外國人講日語之際，一定會去注意到哪怕一點點外國腔調，或者語法上哪怕小到不能再小的毛病。記得大學時，我聽過兩位外籍老師對日文的封閉性氣憤不已。一個是前面提到的馬來西亞華人陳老師，他在日本待了十多年，日語說得很流利。但是，他一開口說話，日本人百分之百都能夠聽出外國口音來，使得老師埋怨道：你們日本人的耳朵怎麼那麼挑剔？

另一位是早大法學院的西班牙語老師，他寫過好幾本日文書，對日文掌握得特別好。可是，有一天，他在早稻田銅鑼魔館咖啡廳跟一個學生聊天，弟子指出來老師的日文用詞上有點兒不自然的地方。我在旁邊聽到兩位的對話。老師發怒道：你知道我是外國人，所以覺得非得糾正不可；倘若是一個日本人說了完全一樣的一句話，你就不會覺得有錯了，你懂嗎？

抱歉，他不懂。日本人的耳朵就是自然傾向於排外，永遠會識別出來外國腔調。相比之下，我在中國大陸留學、旅遊認識的很多很多人，幾乎都誇我說：你中文講得很標準！也許跟我在北京留學，受了北京腔影響有關係吧。不過，我覺得，主要還是大家把普通話當作一種「共通語」，也就是不同地方的中國人、華人都努力去學習而掌握的「人工語言」所致。所以，當一個外國人跟他們一樣努力之際，很自然地一視同仁，豎起拇指說：很棒！而不會像日本人那樣鑽牛角尖，非得找出不一定存在的毛病不可。

回想當年，唯一對我說的中文評價偏低的一群人，果然是土生土長的北京人。在他們看來，北京話才是最地道的普通話，北京腔永遠高高在上。對於外地人講的中文，人家的耳朵跟日本人一樣小心眼、排外得很。聽出了哪怕一點點外地口音，老北京就一刀兩斷說：南方人！這樣的情形其實到處都有。上海人對蘇北來的外地人也很嚴厲，絕對聽出來他們講的上海話裡滲入的哪怕一點點蘇北口音。對北京人來說，北京話是他們村兒裡的語言，正如對上海人而言的上海話，對日本人而言的日本話。可是，全世界講漢語、普通話的十三億人當中，絕大部分都把普通話當作跟外地人溝通而用的「共通語」，跟自己村兒裡的語言，如順德話、廣州話，本來就是兩回事、三回事了，所以根本不存在對外國人排斥的動機。

總而言之，中文普通話很有包容性，通行度很高，是不折不扣的事實。因為老是被大家誇獎中文說得好，我的自我感覺越來越好，結果中文進步得相當快，直到有一天開始想：是否我前世是一個中國人？否則，說中文的感覺怎麼會這麼自然呢？不過，這也有點像戀愛了：彼此相愛的兩個人，往往覺得，對方是前世來的老親人，對不對？

講中文讓我自由

學會說幾種語言，我覺得是天大的福氣；可以去不同的地方旅遊、生活很方便，也可以交很多朋友。中文有句俗語說：多一個朋友，多一條路。我覺得，多一個語言，多很多自由。

中國境內通行普通話是理所當然吧，可是出乎我意料，其實中國境外很多地方也通行中文普通話。

我從中國回日本以後，當了半年的新聞記者，而後又到加拿大多倫多念書去了。誰料到，在多倫多大學英語進修班上課的第一天，我就結識了剛從北京來的女同學，交上了好朋友。她弟弟當時念多倫多大學研究生院碩士課程，是已經在當地待過好幾年的老手了。我通過他們姊弟認識了好多中國留學生、訪問學者等。他們是文化大革命熬過來的一代，小時候沒有好好讀書的環境，所以鄧小平一復出，高考恢復就報名，外國留學一開放，馬上就想辦法辦護照出國。果然，那一批人的向上心和意志力都非常可觀。

在多倫多，除了中國來的留學生以外，還有不少來自臺灣、香港、馬來西亞、新加坡、菲律賓、印尼等地的華人學生。我跟他們也都用普通話交流，感覺上比講英語親切多了。記得有一個印尼華僑告訴我，印尼政府不允許華人學普通話，所以他的中文能力很有限，可是越受壓迫，作為華人的身分認同反之越強，仍然很願意用中文跟別人溝通。

我在加拿大待的六年半時間裡，跟加拿大人講英語，跟日本人講日語，跟中國人、華人則講普通話。曾經在東京中野壽司店後面生活過的孩提時代，我連作夢都沒有想到，自己長大以後，不僅會去比夏威夷還要遠的北美東部，而且要講三種語言愉快地過日子。學會說幾種語言，我覺得是天大的福氣；可以去不同的地方旅遊、生活很方便，也可以交很多朋友。中文有句俗語說：多一個朋友，多一條路。我覺得，多一個語言，多很多自由。中文的優點有：好聽、好看、好玩、包容性高、具有世界性。但是，對我來講，最重要的是它給了我很多自由。

自由包括行動上的自由和內心的自由。先講行動上的自由吧。在多倫多中心區，當時日本食品店只有一家「SANKO」而已，但是唐人街的食品店則多如牛毛。要買大米、豆腐、乾麵、醬油、咖哩塊、紅豆麵包以及日本藥品如正露丸、表飛鳴等，我都去華人開的商店買；品種比日本商店多，價錢則便宜很多。要剪頭髮，我都去華人開的美容院。聽起來簡單吧？但一般日本人是做不到的，因為語言不通，有心理障礙。其實，當年多倫多的華人老闆不一定會說普通話，很多都說台山話等我聽不懂的廣東方言。但是，華人圈子挺有趣的，彼此的方言互不相通是司空見慣，再正常不過的事情，所以儘管語言不通，交易照樣成立，很正常，沒什麼問題。

我後來在加拿大蒙特婁、溫哥華、美國西雅圖、紐約、英國倫敦、法國巴黎、越南胡志明市等地方逛過當地唐人街，都覺得一樣自如，也就是享受到行動上的自由。有一次，我去馬來西亞砂拉越州古晉市，在一個大商場裡的華人商店買東西。商店裡有四十歲左右的母親和十來歲的女兒。那小朋友聽到我講的華語，就小聲跟母親說，這個人說話有點不一樣啊。我心裡想：那可不。我萬萬沒想到的是，那母親果然對孩子回答說：馬來人吧。我長得像馬來人嗎？這種小小的生活插話給我過的日子增添味道。好玩極了。

講回在一九九〇年代初的多倫多，我因中文而感到的自由吧。就是當時當地，我開始為香港中文雜誌定期寫專欄，即《九十年代》月刊上的「東西方」。那是英國殖民地香港快要回歸中國的日子。回歸以後的前景不明瞭，所以好多香港人都移民去了加拿大。結果，我把在多倫多生活中的所見所聞，尤其是牽涉到移民生活的種種寫成文章，香港讀者都看得津津有味。叫我驚喜的是，正如我最初在東京被南洋華人老師介紹看了香港雜誌一樣，在兩萬公里之外的北美加拿大，也有好多華人看香港雜誌的。當時多倫多一共有五條唐人街，每條唐人街都有一、兩家中文書店賣香港雜誌。另外，除了多倫多大學、約克大學的圖書館以外，當地幾所公共圖書館都為華人居民訂閱雜誌。所以，我一個日本人住在多倫多，每個月從唐人街文具店買來原稿紙，一個字一個字地爬格子寫成的文章，以航空郵件寄到香港去，半個月後在雜誌上刊登出來，果然在我周圍都有不少人看到。因為我的名字較少見，被「發現」的機率倒很高。比方說，在唐人街上有個朋友叫我「新井！」旁邊的陌生人馬上問道：「難道妳就是新井一二三嗎？」

那是還沒有網際網路的年代，搜尋訊息仍依靠傳統媒體如報紙、雜誌、電視、廣播。當時，住在海外的日本人，看完了一份雜誌都不敢隨便丟棄，因為不能確定下次什麼時候才買得到日本出版的雜誌。這不是誇張的。我從日本去加拿大的時候，在皮箱裡裝了幾本日文書，後來在多倫多住的六年半，不知道重複看了多少遍。雖然華人的人際網比較起來大而密，可當時在海外的華人對中文雜誌，還是一樣珍惜的。我很幸運，能夠在人們珍惜的媒體上開始了中文作家生涯。

中文陪我離家出走

大夥兒以為母語很重要，雖然沒錯，但是在某種情況下，人也會覺得受不了附著母語的文化環境而開始逃避母語。我從大學時候到三十幾歲，走的就是那麼一條逃避母語的道路。

我從日本到中國，然後又去了加拿大的目的，除了留學、擴大視野以外，還有一個因素，就是離家出走。年輕時對自己的國家、自己的家庭感到彆扭，所以遠走高飛，並不是少見的事情吧。例如，我在多倫多待的一九九〇年左右，北京恰發生六四天安門事件，加拿大政府寬大地接受了所有中國人的政治避難，結果很多大陸人都等著四年的居住時間期滿，拿到了加拿大護照以後再看情況，再決定下一步怎麼走。那就是他們所謂的「洋插隊」，換句話說是一代中國知識分子集體的離家出走。相比之下，我的漂泊基本上是個人性質的：對於日本社會長期覺得規矩太多了，喘不過氣，想要去遠處自由地呼吸。

剛開始會講中文、英文的時候，我就發覺講外語的感覺很自由。當我們講起母語來，自動地被種種社會規矩約束，結果往往不能說出真正想說的話了。尤其在日本社會，孩子和女性的地位比起成年男性低很多，所以隨心所欲講起話來，馬上挨批評道：沒大沒小，哪有規矩？然而，講起外語尤其像英語、中文具有高度普遍性的一級「共通語」，村兒裡規矩約束的程度低很多了。隨心所欲講講話，人家至多以為外地人、外國人不懂規矩，仍處於「化外」狀態而已。一個日本女孩子，一直生活在規規矩矩的日本社會，從乖乖女成長為賢妻良母，恐怕一輩子都沒有機會隨心所欲講話了。怪不得在日本常聽到一個好女人上年紀後患上了痴呆症，壓在心底下幾十年的牢騷一下子爆發出來，再也不可收拾。我一個遠親老太太過了八十歲得了痴呆症，馬上就不認了伺候幾十年的丈夫，要求把房產的登記名義從那不認識的丈夫改變成她本人。面對無法控制情緒的病人，先生也只好聽從，還好不至於被離婚。

光光會說外語就帶來很大的內心自由，開始用英文、中文寫文章來發表以後，我擁有的自由空間進一步擴大了。如果用母語書寫的話，連思考都不能允許自己思考的眾多內容，例如對母親的不滿、對社會文化的憤怒等等，用外文書寫起來，對外國讀者會是很有趣的文化觀察。是的，離母語的環境遠一點點，那永遠約束我們的村兒裡的規矩就蒸發掉，古老東方的論資排輩、重男輕女，由外人看來居然是：沒那麼嚴重吧？也確確實實沒什麼大不了的。

法蘭克福學派心理學家埃里希・佛洛姆有一本著作叫《逃避自由》，乃研究分析二十世紀上半葉的德國人為什麼被納粹主義吸引。佛洛姆指出：大夥兒以為自由很好，但是在某種情況下，人會覺得受不了自由而開始逃避自由。我則覺得：大夥兒以為母語很重要，雖然沒錯，但是在某種情況下，人也會覺得受不了附著母語的文化環境而開始逃避母語。我從大學時候到三十幾歲，走的就是那麼一條逃避母語的道路。

所以，對我而言，中文書寫來得很自然。我小學一年級就知道了：閱讀和書寫能帶我去另一種更大、更自由的時空，乃那一年的班主任倉田照子老師通過每天批改學生的讀書日記叫我們體會到的。所以，我從小就志願做作家，在初中、高中、大學都做了校報、校刊的撰稿人、編輯。從中國留學回到日本，出版了留學札記《中國中毒》。到了加拿大，還讀過Ryerson Journalism School（懷雅遜理工學院新聞系）。我知道使用外文會擴大內心的自由空間。所以，對外文書寫充滿期待，很積極地嚐試了各門道。在當地的《Toronto Star》（多倫多星報）、《The Idler Magazine》（悠閒者雜誌）等英文報刊上發表散文，我發現當地的主流社會對亞洲移民的經驗與觀點滿有興趣，加拿大不愧為標榜多元文化主義的國家。替香港的中文雜誌寫專欄，我由此知道了華人讀者們對日本事務也非常有興趣。

當初，我覺得自己跟日本文化格格不入，所以遠走高飛也要逃避母語環境。然而，到了一萬公里之外的加拿大多倫多，我卻發覺：自己對日本社會、文化的知識，或者在日本長大、受教育的經歷，一旦用外文寫起來，簡直是挖不盡的題材寶庫。新聞學院的猶太裔英文老師就勸我一定要訂閱日本的文化雜誌，使得自己能不停地接觸到日本最新的文化動態。這個發現，有點像法國作家梅特林克寫的童話《青鳥》裡，兄妹倆到遠處要尋找幸福，最後卻發現家裡養的那一隻就是幸福的青鳥，所需要的只是在不同的光線下看一看。

當時我也接了加拿大航空公司機艙雜誌的日文版編務，再加上寫散稿賺來的錢，就足夠一個人在教堂街上租小小的公寓生活了。我開始以筆維生，能夠自我介紹說「I'm a writer」以後，接觸當地文藝界的機會增加，我在多倫多過的日子變得豐富多彩了。通過當地雜誌的編輯，認識到小說家、攝影師、製片人、畫廊老闆等五花八門的人物。我運氣特好的是，正如前面提過，當時的多倫多有很多「洋插隊」的大陸知識分子，包括演員、導演、詩人、舞蹈家、畫家、音樂家等專業人士，都把我當自己人看待，主要由於我會用中文跟他們溝通。太棒了。

常有人問我學了多長時間的中文？答案是：我在中國留學的時間其實不到兩年，除了在北京外國語學院和廣州中山大學的課堂上課以外，還在大陸各地的長途火車、公共汽車上，通過跟各地老百姓的交流打好了中文基礎；後來到了加拿大，又把多倫多「洋插隊」的大陸知識分子們當教練，通過跟他們的日常交往實地練習中文的時間，則長達六年半了。其實，當上了中文作家以後，我每天為了寫作查辭典的次數比之前增加許多。我認為，語言能力和查辭典的次數會成正比例，甚至外語能力壓根兒就是查辭典的耐心也說不定。

貳

我學會樂於寂寞、甘於寂寞

—

我和中文一起生活

成為香港週刊特派員

在人口七百萬的彈丸之地，有十多種中文報紙，而且很多作家都在副刊上天天刊登好幾個專欄的。在香港，專欄作家的人數比世界任何城市都多；至少當年確實如此。

一九九四年，我從多倫多搬到香港去有幾個原因。首先，我覺得加拿大太冷了，冬天太長了，想去暖和一點的地方。記得那年冬天多倫多的氣溫算入風寒指數，天天下降到零下二十五度。我忍受不住，便去了古巴一週避寒，那裡的氣溫高達二十五度，跟多倫多竟相差五十度。其次，我還是很喜歡中文，想在中文環境裡生活。第三，我對香港回歸中國的過程很有興趣，想在當地親眼觀察，親身體驗那段很特別的歷史時期。第四，我在多倫多認識的中國朋友們，當時恰好「洋插隊」期滿，拿到了加拿大護照以後，其中不少就往經濟景氣好又臨近大陸的香港去了。在華人圈子裡，往香港去，可以說是那年很流行的事情。

既然在加拿大生活了六年半以後搬過去，我本來打算到了香港後找份英文相關的工作。所以，在一個老同學家放下皮箱後，我馬上出去買一份英文《南華早報》。當時每星期六的報紙中間都夾著很厚的分類廣告，包括徵人啟事。我向幾家媒體、公關公司寄履歷表，其中最早有回音的果然是中文《亞洲週刊》，通過一次面談，我就當上了他們的香港特派員。

就那樣，我平生第一次在華人企業上班。雖然在廣東話通行的香港，而且屬於當地明報集團旗下，《亞洲週刊》卻是用普通話營運的單位。同事隊伍裡，除了當地香港人以外，還有臺灣人、中國人、新加坡人、馬來西亞人，以及從歐美回來的外籍華人。後來在香港文藝界打出名氣的江迅，當時也剛剛從上海轉來。記得我上班的第一天，向各位同事打招呼，來自臺灣的副總編輯馬上反應說：原來是個京片子。不知道人家是褒的還是貶的，我自己感到很高興也很驕傲，因為曾度過一年青春歲月的北京，感覺上的確是我的第二個故鄉。其他同事們紛紛告訴我，每月都看我在多倫多寫的專欄文章。

我在《亞洲週刊》待的時間不長，才幾個月而已。在那一段時間裡，印象最深刻的差事是有關越南難民的專題報導。當年香港有好多越南難民關在收容所裡，過著沒有隱私，被剝奪人權的日子。記得港英政府的白種高級官員跟我公然說道：對於難民，不適用一般概念上的人權。我也去收容所裡採訪，那裡有智力很高的華裔兄弟幫我當翻譯。他們會說越南話、粵語、普通話和英語，能力突出，卻沒有用武之地。

從《亞洲週刊》辭職以後，我成了百分之百靠稿費生活的自由作家。雖然也接日本媒體、當地英文媒體的稿約，但是從此以後，用中文書寫的稿量遠遠比日文、英文的稿量多了。當地華文報紙《星島日報》《信報》《明報》《蘋果日報》等紛紛約稿，另外有《信報財經月刊》《明報月刊》《姊妹》等雜誌的專欄，我一下子就有了一個月五十多篇的稿約。那可以說是當年香港的特殊情形所致：在人口七百萬的彈丸之地，有十多種中文報紙，而且很多報紙的副刊天天刊登好幾個專欄的。所以，在香港，專欄作家的人數比世界任何城市都多；至少當年確實如此。有那麼多專欄園地，其中一部分請外籍作家來書寫，該說順理成章，何況香港是聞名的國際大都會。在香港媒體上，比我早用中文寫專欄而受歡迎的外籍作家有澳大利亞籍的學者白傑明先生等。我的第一本中文書是到了香港的第二年，一九九五年初出版的《鬼話連篇》，主要是之前在多倫多時寫的專欄文章集結成的書。

我在香港待的三年半時間裡，寫了好幾百篇文章。其中，在《九十年代》月刊一九九六年二月號上發表的〈香港社會的「人格分裂」〉一篇引起的反響最大，後來被收錄於臺灣一所高等院校為外國人開辦的華文進修班之教材。另外，同一年四月《亞洲週刊》臺灣版刊登的〈李登輝情節與民主政治〉一篇，也受到了一定程度的注目。當年，為臺灣歷史上第一次的總統直選，我從香港去臺灣做採訪，糊里糊塗之間還搭上了飛往馬祖的小飛機，在連居民都撤退過的離島，聽著中國人民解放軍發射導彈的聲音，過了孤獨的一夜。記得我從空蕩蕩的馬祖街頭給東京的男朋友打電話，對方很天真地說：「今天接到前線來電的東京人只有我一個吧？」我馬上糾正他說道：「哪止於東京呢，是全日本，還說不定是全世界，因為我是留在前線的最後一個外國記者呀！」那次很特殊的經驗，顯然對我理解臺灣很有幫助。〈李登輝情節與民主政治〉一篇連帶我的照片刊登出來以後，我在臺北街頭包括紫藤廬茶館的結帳櫃檯，幾次被陌生的讀者叫住，他們異口同聲地說：「妳那篇寫得很對啊。」

勸我去臺灣親眼目睹華人世界裡第一次總統直選的，是當年還在紐約聯合國總部工作的作家張北海先生。一九九五年初，我為日本ＮＨＫ電視臺的紀錄片節目《ＮＨＫ Special》，從香港去紐約唐人街做了有關「人蛇」即中國非法移民的採訪。攝影團隊在紐約待的時間長達好幾個星期，我偶爾一個人溜出去跟朋友見面。我和張北海先生以及他的另三位同事，都是在《九十年代》月刊上寫專欄的同仁。雖然神交已久，可直接見面談話，好像那才是第一次。在紐約唐人街餐館聚會的時候，我從他們嘴裡親耳聽到了當年國民黨高幹的公子們，如何在美國深造期間遇上保釣運動而申請中華人民共和國護照，結果被寫在國民黨黑名單上了。感覺猶如看到活著的歷史書。

幾個月以後，我已回到香港，張先生則要通過香港去小時候住過的重慶。他小時候，就是八年抗戰國民政府撤退到內地的時期。聽說日軍轟炸重慶超過五百次。做日本籍中文作家是多麼尷尬的事情。幸好個子高瘦的張先生器量大得很，到了香港，帶我去見以深居簡出聞名的當地作家鍾曉陽，然後還帶我去他姪女張艾嘉家的派對！

跨越兩岸三地的作家生涯

中文媒體、出版界分布於中國、臺灣、香港，所謂兩岸三地。我的中文作家生涯，從香港開始，經過臺灣，二〇〇五年終於抵達中國大陸。

一九九七年七月，香港回歸中國，我則回歸日本。當時我剛剛結婚，在東京安頓下來，馬上發現肚子裡有了孩子。日本雖然是家鄉，但是前後十二年，我都在中國、加拿大、香港生活。再說，第一次當上母親，我對日本的生活以及工作環境覺得有點陌生。

記得老大兒子剛出生不久，我接到了詩人楊澤從臺北打來的越洋電話。原來是《中國時報》人間副刊「三少四壯集」的稿約。一週一次的專欄開始上報後，我又很快就接到臺灣來電，果然是剛剛成立不久的大田出版社總編要跟我談出書事宜。一九九九年，我的第二本中文書《心井・新井》由大田問世。之後，我寫了前後三次的「三少四壯集」。編務從最初的楊澤，由焦桐、劉克襄輪流接棒，叫我驚嘆不已：《中國時報》到底雇用了多少詩人、作家呀！那可是報紙頭版上出現小公仔之前的時代。

臺灣的報紙，雖然沒有香港那麼多，但是也有《中國時報》《自由時報》《聯合報》等幾份，我都定期寫過專欄。當初還有國民黨直接經營的《中央日報》，約我寫了一年的書評專欄「書海六品」，後來集結成《讀日派》一書。《國語日報》則是給小朋友看的報紙，每一篇文章每一個漢字旁邊都附著注音符號。我給他們寫了一年的「東京書迷錄」，後來集結成《123成人式》，乃在我的著作裡較受歡迎的一本，後來也由大陸的江西教育出版社、上海譯文出版社，出了兩個簡體字版本。

在日本，學過中文的人可不少。尤其從一九九〇年代起，除了英語以外，最多日本人學的外語就是漢語普通話了。我比別人幸運的是，大學時拿到獎學金去中國留學，有機會學習地道的中國話；然後，在多倫多住的六年半時間裡，繼續跟中國人、華人交朋友，並開始為香港雜誌寫專欄；轉到香港以後，經過《亞洲週刊》上班的日子，接到了香港、臺灣多份報紙的稿約。再說，通過寫作，我見到了很多大人物。例如，香港文壇上，名氣很大的老文人：胡菊人、戴天、陸離。通過日本通蔡瀾，見到了金庸先生以及旅居香港的日本奇女子羽仁未央。講當地廣東話的文化人，我本來不太認識的，後來經未央認識到劉健威、陳也、尊子。經老劉又認識到也斯、長毛、杜可風。我在臺灣從來沒有住過，所以直接交朋友的機會有限。只是住在香港的時候，參加媒體旅遊團，去了一趟臺灣，行程是當時做超級電視臺副總裁的陳冠中安排的。那團裡就有張小嫻、陶傑，到了臺北則跟楊澤、平路等當地文人聚餐，也有機會跟楊德昌喝杯啤酒。還有一次在臺灣，替一份日本雜誌展開為期一週的採訪活動，見到了何春蕤、陳文茜、徐璐、黎明柔……後來搬回日本，靠著當初的傳真機和後來的網路，都有幸跟《中國時報》的詩人們合作。中文真像哆啦A夢的任意門，有了它，就能到很多地方，認識很多人。

中文媒體、出版界分布於中國、臺灣、香港，所謂兩岸三地。我的中文作家生涯，從香港開始，經過臺灣，二〇〇五年終於抵達中國大陸，在北京《萬象》月刊上發表了一系列文章，其中最早寫的「我這一代東京人」成了我的招牌、名片。後來，廣州《南方都市報》也邀我寫為期一年的專欄「東京時味記」。我不能不去想「緣分」這回事，因為北京和廣州，就是我年輕時曾留學的兩個城市。所以，來自兩地的稿約，給我的感覺猶如久違的家信。

東京郊外的中文作家

我天天面對電腦螢幕打鍵盤，寫的到底是什麼東西，身邊包括親朋好友是沒人知道的。這說不定是早期逃避母語的一個副作用吧。那麼我得學會樂於寂寞，甘於寂寞。

記得十八歲那年，我高中畢業卻沒考上大學，在東京代代木的補習班待了一年。有一天，在語文課上，老師說了一句：學外語能吃飯。那句話留下了特別深刻的印象，我牢牢記住了。第二年上大學，其他科目我不能說讀得多認真，只有作為第二外語選修的漢語，比誰都努力學過。當年還沒有電子辭典，更沒有網路，我把買來的紙本中日辭典、日中辭典，一本一本地查壞，同時一點一點地擴充了詞彙。然後，大學四年級去中國大陸留學，兩年後回到日本時，我對一般水準的溝通，已經不覺得有困難了。那年如果沒被報社錄取，我都考慮上半年的課去做職業翻譯。

因為從小喜歡寫作，能當上中文作家，我覺得非常幸運。尤其剛回日本，在東京郊區定居下來就發現自己有了身孕，八個月以後抱上第一個小娃娃那一段時間裡，我能夠一路維持寫作，最大的原因是我的編輯都在大海那邊，想見都見不著，根本開不得什麼會，只要寫好文章用傳真機或後來的電腦網路交上去即可。

從一九九九年起，我在臺灣每年都出一到兩本書，也長期在各家報紙上寫專欄，在寶島讀書界，我逐漸有了點名氣。而且在臺灣發表的文章，也會給香港、大陸、南洋各地的媒體轉載，託中文的世界性之福，我在很多地方有了讀者。

具有諷刺意義的是，偏偏在我住的日本，幾乎沒有讀者書迷。在廣大日本人當中，中文水平高到能自由閱讀的人少之又少。個別來自臺灣、大陸的朋友們，收到我寄過去的書，會看，會說喜歡，但跟一般讀者還是不一樣。結果，我天天居家坐在書房，面對電腦螢幕打鍵盤，寫的到底是什麼東西，身邊包括親朋好友是沒人知道的。這說不定是早期逃避母語的一個副作用吧。那麼我得學會樂於寂寞，甘於寂寞。

從二〇〇五年起，我任職於明治大學，教的是初級到中級的普通話。為了給學生們看，我寫了一本日文書《中國語はおもしろい》（中文很好玩），由講談社出版。書中介紹我自己從日本經中國、加拿大到香港、臺灣，一路學中文、交朋友、寫文章過來的幸福歷程。幸虧，這本書賣得還行，生命力夠強，已經十餘年都在日本各家書店的書架上，叫作者幾乎每年都聽得到新讀者的讀後感。

在二〇一五年夏天，我應邀去香港書展演講，在會場見到了一位新加坡記者。後來，她介紹我去做二〇一六年新加坡文學四月天活動的主講嘉賓。通過幾天的交流活動，我有幸認識到蔡志禮、林高等當地重要的華文作家。新加坡是中文這個任意門幫我打開的最新一個華人地區。也是我大學三年級的時候，給我介紹看香港雜誌的陳志成老師後來搬去的地方。記得他是馬來西亞出身，來東京外國語大學讀碩士，在愛知大學、日中學院等幾所日本高等院校教漢語後，跟一位日本籍女老師結婚，雙雙回南洋發展去了。

回顧我過去三十五年學中文過來的一條路，實在有很多恩人：早稻田大學、日中學院、北京外國語學院、廣州中山大學的老師們；我在中國、加拿大、香港、臺灣各地交上的朋友們；跟我邀稿的各家媒體編輯們、當地同行們；還有一直鼓勵我寫下去的可愛讀者們。學會說中文，叫我能夠去不同的地方旅遊、生活、工作；學會寫中文，叫我在各地擁有了知音。

我一貫深感中文很好聽、很好看、很好玩、通行度很高，也在行動上和內心兩方面都給了我很大的自由空間。日本人不習慣說我愛你。不過，我們所說的「謝謝」（ありがとう）一句話倒包含著英文「I love you」的意思。謝謝中文。謝謝我通過中文認識的所有朋友們。

從中文俗語學人生真理

我以往事業不如意的時候，常告訴自己李白說的一句話「天生我才必有用」。反之，出了點名氣卻馬上成為眾矢之的的時候，只好說著「人怕出名豬怕肥」安慰自己。

學外語會擴大我們的世界。每套語言都有自己的文化，所以每一門外語自然就成為通往另一種世界觀的門路。

例如，中文俗語說「多一個朋友，多一條路」，對從小講漢語長大的人來說，該是理所當然的道理吧。可是，對日本人來說，並不見得。在日文裡，跟朋友相干的俗語中，最常聽見的是「類は友を呼ぶ」，跟中文「物以類聚」差不多，貶多於褒，印象很消極，猶如「朱に交われば赤くなる」，即中文「近朱者赤」。所以，當第一次聽到「多一個朋友，多一條路」之際，我覺得非常新鮮，好比視界一下子擴大了很多。原來，朋友不僅會把我們引上邪路，也會幫我們往外發展的。這跟日本人最怕「給人家添麻煩」的心態實在很不同。

又例如，中文俗語「有得則有失」，也在日文裡沒有意思相同的說法。這句話反之像英文的「You cannot have a cake and eat it too.」（不能保留蛋糕的同時把它吃掉）。我之所以喜歡它，因為個中的道理有物理學的根據。好比「物極必反」一句話，也叫人聯想到物理學家擺墜子的實驗，合理得顯然沒有反駁的餘地，跟日本俗語常見的精神主義呈現明顯的對比。

自從開始學漢語，我從中文俗語學到了不少人生真理。例如「好漢不吃眼前虧，好馬不吃回頭草」。那是我看老舍原作的話劇《茶館》演出時記住的。一種很合理、很健康的處世方法，卻在日本文化裡沒有類似的說法。也許是武士道影響所致吧，日本人有甩不掉的自滅傾向，猶如十九世紀的思想家吉田松陰所言：雖知如此定失敗，情不得已大和魂哉（かくすれば、かくなるものと知りながら、止むに止まれぬ大和魂）。哎！

於是，日本榮格心理學第一把交椅，已故河合隼雄先生在《心的處方箋》一本書裡，要提倡合理性處世方法時，說的是一句「既然要跑，該放下一切」。意思很清楚，就是勸你不要依依不捨地吃著「回頭草」。可惜，還是沒有馬回頭那樣視覺化的效果。「很具體」而「視覺化」是中文俗語的強勢。像「跳進黃河也洗不清」一句話，每次聽到，在我眼前就出現一個人穿著本來白色的一套內衣，不知為何糊裡糊塗地跳進黃河，出來的時候全身呈現黃色的尷尬畫面。

我總覺得中文俗語的世界觀比日文俗語的樂觀、幽默，例如「車到山前必有路，船到橋頭自然直」。我非常喜歡個中的樂觀心態。辭典說，這句話翻成日文便會是「窮則變，變則通」。但是，實際上，出自《易經》的這句話，現代日本人一般都不會明白。反之，生活中，更多人用的是美國式的假西班牙語句子「Que Sera Sera」。這是一九五六年的希區考克電影《擒凶記》的主題曲，歌詞重複地唱「Que sera sera，whatever will be will be」。記得辛亥革命那年出生的我已故姥姥都將這句話掛在嘴邊。我這次查詢才得知西班牙語的造句有問題，但絕大多數日本人都不知道。總之，意思接近「車到山前必有路，船到橋頭自然直」就是了。

有趣的是，日本豐田汽車公司在中國大陸剛開始做生意的一九八二年，就打了廣告說「車到山前必有路，有路必有豐田車」。好幽默的一句文案，確信不是日本人想到的。如今上大陸網路搜尋「車到山前必有路」的後句，未料出現的答案竟是「有路必有豐田車」！

說到幽默的俗語，我就喜歡「老王賣瓜自賣自誇」，相當於日文的「手前味噌」（自我吹噓，說自己家做的味噌特別好吃），但是畫面具體得多了，簡直那老王的表情和堆得高高的西瓜都想像得出來。

聽起來不大文雅的俗話，表達出來的人生哲理，有時會給人活下去的勇氣。例如「好死不如賴活著」。這麼說，活下去不再需要什麼正當的理由了，多麼好。然而，毛澤東時代過來的中國人，卻曾愛說「一不怕苦，二不怕死」的，好像違背華夏文化積極的本質。

我以往事業不如意的時候，常告訴自己李白說的一句話「天生我才必有用」。反之，出了點名氣卻馬上成為眾矢之的的時候，只好說著「人怕出名豬怕肥」安慰自己。有這一句話比沒有強不知多少。當家人親戚帶來麻煩的事情，則在嘴裡喃喃自語「家家有本難念的經」，會覺得自己並不孤獨。是的，只要能感覺到自己不孤獨，人生就可以活下去了。

中文俗語和日文俗語的差距，有時來自環境之不同。比如說，中文講的「瘦死的駱駝比馬大」，翻成日文便是「腐っても鯛」（腐敗了還是鯛魚）了。果然是大陸環境和島國環境之不同產生了兩個乍看很不一樣的俗語。想起來都很不可思議，一九八〇年代初，我去北京留學的時候，郊區黃沙飛揚的馬路上，還偶爾看得到關外農民拉著駱駝進城的畫面，因為駱駝能載的貨物比馬多很多。近距離看了幾次駱駝以後，就自然曉得「瘦死的駱駝比馬大」指的是什麼意思。同一條路（也就是如今的北京西三環路）上，當時也看得到毛驢。近距離看了幾次後，對當地點心「驢打滾」的取名要「拍大腿」了。奇怪的是，「拍大腿」翻成日文是「膝を打つ」（打膝蓋）。這句話說得太奇怪了，因為打了膝蓋，手肯定會疼！

中秋月上搗年糕的兔子

在日本，中秋明月上的兔子不是擣藥而是搗年糕的。這是因為，中秋賞月的習慣從中國傳到日本來了，月亮上的兔子形象也傳到日本來了，但是「嫦娥奔月」的故事則丟在東海上空。

有一天，老公從外面回來，好興奮地告訴我：「今天聽說，長崎人是掃墓時放煙火的！」「真的嗎？」我聽了目瞪口呆，因為從來沒聽說過日本有這樣的習俗。我們在東京每年幾次為祖先掃墓的時候，要帶的只有一桶水、一把花兒、幾把線香，如此而已。至多有人帶死者生前喜歡的香菸、食物等。但是，煙火？從來沒聽說過。老公看到我驚訝的表情，進一步補充說：「煙火也不是用手拿的『線香花火』（紙捻花），而是往天空放射的『火箭花火』呢。」啊，原來如此！

長崎不愧為江戶時代日本僅有的四個對外開放港口之一，歷來有中國大陸、臺灣、東南亞等地的華人貿易船到來。據說，在江戶初期即公元十七世紀初的長崎，總人口六萬中，華人人口多達一萬。他們要麼出身於「三江」（浙江、江蘇、江西），或者出身於福建，把華南文化傳到日本來了。所以，如今全日本只有長崎人掃墓放煙火，肯定是華夏文化的影響所致。

其實，我在侯孝賢早期的作品《冬冬的假期》裡就看過，苗栗銅鑼人過中元普渡，除了家家擺桌以外，還會不停地放鞭炮和煙火。想起那畫面來，長崎的習俗也似乎順理成章，沒什麼好奇怪的了。不過，對大多數日本人來說，掃墓該是安靜、沉重的場合。相反地，說到煙火尤其「火箭花火」，不外是夏天穿上「浴衣」（棉布和服）跟朋友一起赴「花火大會」湊熱鬧看到的東西。一靜一鬧，在腦子裡，怎麼也配合不上來。但實際上，全日本最有名的「隅田川花火大會」就是從江戶時代為安慰流行病死者的靈魂開始的，只是如今的日本人忘記其來歷罷了。

日本的傳統文化，很多都來自中國。早期有從日本去大陸的遣隋使、遣唐使，中期有去宋朝中國取經的和尚們，然後有江戶時代長崎迎接的眾多唐船，都運輸了物品和文化。所以，日本的傳統節日，如元旦、「豆撒」（立春前晚撒豆驅邪）、端午節、七夕、盂蘭盆節、中秋賞月等等，沒有一個不是來自中國的。奇怪的是，日本人忘記了這些節日的來源，普遍地確信是「國粹文化」。也許是江戶時代長達兩百年的「鎖國」政策所致，也許是近代日本夜郎自大的風氣所致。總之，鬧出笑話來都往往不知道有什麼好笑的？

比方說，中秋賞月吧。明治五年（一八七二年）以後的日本，一口氣廢棄農曆而徹底改用陽曆，所以如今在日本的掛曆上也好，報紙上也好，哪兒都沒寫著農曆日期了。平時，這樣過日子沒有什麼問題。然而，本來以農曆日期為標準的傳統節日怎麼過？這可以說是日本全民性的笑話，已經鬧了一百五十年。

日本的端午節，日本的七夕，日本的盂蘭盆節等，都是在陽曆五月五日，陽曆七月七日，陽曆七月十五日強行的。可是，中秋賞月就很難了。要是陽曆八月十五日過節而天上沒有圓月的話，可怎麼辦？再說，陽曆八月十五日還是酷夏，根本不是中秋呢。對此，日本官民採取的辦法是：首先，把中秋日期改為陽曆九月十五日。這樣子，至少比陽曆八月十五日多了些秋意。然後，每年到了陽曆九月中旬，就通過電視新聞節目或氣象預報，告知全體國民今年月亮哪一天圓滿。如果心急了，也可以上網查查看，你會發現日本有很多「舊曆御宅」早就算好「二〇××年的中秋圓月是哪一天」。

即使身邊沒有「舊曆御宅」的朋友也不要緊，每年到了九月，日本的傳播媒體一定告知國民哪一天可以看到一年裡最美的望月。秋天空氣清澄，只要該晚天晴，月亮就顯得額外清楚了。電視播音員也絕不忘記告訴大家：月亮上搗年糕的兔子，今晚可看得清清楚楚啦。沒錯，在日本，中秋明月上的兔子不是擣藥而是搗年糕的。這是因為，中秋賞月的習慣從中國傳到日本來了，月亮上的兔子形象也傳到日本來了，但是「嫦娥奔月」的故事則丟在東海上空。結果，凝視著在月亮上使勁揮杵的兔子形象，古代日本人共同下的結論就是：中秋望月上的兔子在搗年糕。

究竟為什麼搗年糕，從來都沒有解釋。反正，中秋賞月嘛，要找來芒草插在甕裡，然後把團子和蒸芋頭疊成金字塔形狀，就準備好了。日本超市雖然有賣月餅，但是沒有人告訴日本民眾那是中秋賞月時該吃的應節食品。那麼，日本人到底什麼時候吃月餅？當然一年四季都吃啊。日本月餅發祥地，東京新宿的中村屋麵包店就是一年三百六十五天都賣月餅呢。

明治維新以後的日本社會，走「脫亞入歐」路線，結果導致了忘本悲喜劇。直到今天，日本人都講「地支」卻忘了「天干」，知道自己屬虎還是屬龍，但是對於甲乙丙丁完全沒譜。在歷史課學過「辛亥革命」，卻不知道「辛亥」指年分。大家對甲子園的高中棒球大會很熟悉，卻不知道「甲子」也指年分。

當有人問我為什麼學中文？我都回答說，歐洲知識分子一定要學拉丁文，循著一樣道理，亞洲知識分子也一定該學中文，因為都是各自文化的淵源。望著中秋明月想像上面搗年糕的兔子，也許傻乎乎得可愛，但至多卡哇伊而已吧？

風靡一時的月琴消失在日本

明治時代的學生、文人，要麼自己一個人或者跟朋友們一起彈著月琴唱「清樂」歌曲，簡直像二十世紀的大學生、社會青年們紛紛拿著吉他唱美國民謠、披頭四歌曲一般常見、普遍。

在日本明治大學給學生們看臺灣電影《海角七號》，總有人問我，「茂伯彈的那樂器叫什麼？」果然，二十一世紀初的日本年輕人對月琴完全沒有印象。於是，我給他們講：那是從中國大陸傳來的四弦樂器阮咸，到了臺灣後變成了二弦月琴；尤其在屏東恆春地區流行，如今恆春鎮有「月琴之鄉」的別名；最有名的曲子是當地的盲人琴手陳達一九六〇年代灌唱片的〈思想起〉；他有原住民祖母，所演奏的曲子裡也有「平埔調」等受了原住民文化影響的作品云云。

年輕學子們不知道，但其實十八、十九世紀，在德川幕府統治下的日本，月琴曾風靡一時，乃坐「唐船」到長崎來做貿易的「唐人」們，逗留期間給「丸山藝伎」傳授的「明清樂」傳播到日本各地去的。原來，江戶時代的日本社會，「士農工商」的階級區別劃分得很嚴厲：武士階級碰不得屬於庶民的三弦，反過來庶民碰不得專屬和尚的尺八等。相比之下，從國外傳來的「明清樂」超乎階級和性別的劃分，其重要樂器月琴又較容易學會，總的來說自由得很，猶如一九六〇年代發自美國而風靡一時的民樂。於是〈茉莉花〉〈九連環〉〈算命曲〉〈四季〉〈紗窗外〉等等俗曲，當時許多日本人都彈著月琴用原版中文歌唱，有音樂史家認為成了如今日本很流行的「演歌」的源流。

江戶時期的主要開放港口長崎，到了十九世紀所謂「幕末」時代，有許多愛國志士跑去要跟當時為數幾百的外國人接觸。至今很受歡迎的歷史明星坂本龍馬，據說也去過十多次長崎，總共待了一百天以上。其中一次，他還帶著新婚妻子楢崎龍去，當自己忙於跟同志們聯絡並策劃推翻幕府的時候，把她託在當地的文化富商兼革命贊助者小曾根乾堂家。他女兒小曾根菊恰巧是月琴名手，導致楢崎龍迷上彈著月琴歌唱「清樂」。著名作家司馬遼太郎寫的小說《龍馬行》裡面，就有楢崎龍演奏月琴娛樂新婚丈夫的場面。今天，位於龍馬故鄉高知縣高知市的紀念館，展覽出曾屬於坂本龍馬的一把月琴，而且偶爾舉行演奏會。

月琴在日本的流行延續到明治時代。當時的學生、文人，要麼自己一個人或者跟朋友們一起彈著月琴唱「清樂」歌曲，簡直像二十世紀的大學生、社會青年們紛紛拿著吉他唱美國民謠、披頭四歌曲一般常見、普遍。十九世紀的自然主義作家，其長篇隨筆《武藏野》至今仍令人難忘的國木田獨步，就留下了一個人在房間裡彈月琴想東想西的描述。

然而，曾經那麼普及的月琴，忽而從日本社會上消失。那是一八九四年（明治二十七年），甲午戰爭打起來的時候。新興國家日本人民的愛國熱情燃燒到腦袋來，社會上，突然間視月琴為「敵性樂器」了。根據著名詩人萩原朔太郎在《日清戰爭異聞——原田重吉的夢》裡的敘述，竟有人向月琴師傅家扔石頭，罵人家為賣國賊。結果，怕受牽連的日本人紛紛把樂器賣出去，舊貨店門口掛著的眾多二手月琴，看起來猶如一大堆曬乾的花枝一般。可憐，文化在政治面前完全無力。

一百多年後，來自中國大陸的「女子十二樂坊」有一段時間在日本很受歡迎，首張專輯《Beautiful Energy》賣了將近兩百萬張。以流行音樂形式演奏中國音樂的美麗女子們，主要是拉二胡，彈琵琶，彈古箏，打揚琴，吹笛子。雖然資料上有彈中阮的臧曉鵬，她作為「女子十二樂坊」成員活動的時間似乎不長，很快就回北京中央音樂學院去，繼續走古典演奏家之路了。中阮屬於阮咸類，起碼形象上跟月琴有所相似。可惜，日本人重新發現圓月形樂器的機會錯過了。

所以，看著《海角七號》，日本學子們覺得茂伯彈的那個樂器真有點特別。他們到了臺灣，有機會看到月琴嗎？到了長崎，其實坂本龍馬的妻子楢崎龍寄宿並學了月琴的小曾根家至今仍有子孫。在當地，「明清樂」被指定為「無形文化財（文物）」，由「長崎明清樂保存會」同仁，仍然給年輕一代傳授下去。

學外語能吃飯

上了大學開始學中文，我學得格外努力，除了「跟它談戀愛」以外，另有一個因素，就是：學外語能吃飯。

「學外語能吃飯」，這一句話是我十八歲上代代木補習班的時候，教現代文的堀木老師說的。啊，原來如此。我聽後馬上存於腦中的記憶庫裡去了。上了大學開始學中文，我學得格外努力，除了「跟它談戀愛」以外，另有一個因素，就是：學外語能吃飯。

現在回想，堀木老師說的一句話，影響了我一輩子。不過，我最初靠它吃飯的其實是母語日文，然後是英文，跟著才是中文。

我從中國留學回來以後，加入日本大學生的「就職活動」行列，順利考入了《朝日新聞》，該是中文成績突出的緣故。然而，開始工作以後，完全沒有機會用中文。不僅如此，還有上司特地在大家面前跟我說清楚：絕不讓妳做中國特派員，是百分之百的職場霸凌。

我決定提交辭呈去加拿大讀書；這回得自己掙錢生活了。上完了三個月的多倫多大學英語補習班以後，看當地報紙的分類廣告，得知日文報紙《日加時報》在找記者，於是報名，接著被雇用。當時，多倫多有三份日文週報，《日加時報》是其中歷史最短的一份，老闆夫婦是四十歲左右的第一代移民，雇用四、五個日本女性。我成了除老闆夫婦以外唯一的記者，主要任務是去採訪日本社區的活動，回到報社寫成文章。

我在那裡待了五個月，然後上了約克大學政治學研究生院，本來要看看自己是不是做學者的材料，結果給弄成半個精神病人了。主要是英文能力不夠，看學術書太辛苦，要寫論文連打字機都不會用，在圖書室當助理，被人說的一句話到底是玩笑還是挖苦都搞不清楚。加上北國的冬天太長、太冷，人際距離很遠，去大學的輔導室，值班的心理醫生說：妳回國就好了。我哪裡有臉就那樣回國去？不如先退學再想想下一步怎麼走。

當時，在日本，昭和天皇去世，年號變成了平成。那是我前半輩子裡最冷漠的冬天。然後，我再找另一家日本人開的媒體公司「Japan Communications Inc.」去上班，做英日翻譯、主持日語廣播節目等。開始做翻譯工作，我很快就發覺，自己的日文能力明顯比別人強。說起來也許理所當然，畢竟我是從大學時候起就為商業媒體寫文章賺稿費的，也出過一本書，還當過專業記者。原來在國外，我的日文能力可以換來金錢的。

那是全世界大變動的一九八九年：中國發生了六四天安門事件，在德國，柏林圍牆倒下來，接著東歐社會主義國家一個一個都倒了。換句話說，天天發生著大事件。我想回到新聞界去，於是開始上當地大專懷雅遜理工學院的夜間部，成功地讀完了一學期的課程以後，正式申請入該校全日制新聞系。那時，我已經二十九歲了，比同學們大了十餘歲，還好班上還有三個同學比我年紀大，其中最大的是六十歲的退休護士。

在新聞學院，跟我最要好的朋友是當地出身的華人女生汪瑛。她父親是中國人，母親是新加坡人。汪瑛是跳級上的大學，比其他人還年輕，而且由於脊髓肌肉麻痺，從小坐電動輪椅走動。我跟小十幾歲的汪瑛學到的事情很多。當時的我對自己的英語能力還沒有信心，不知道怎麼措詞時，請求汪瑛的意見。例如，剛在學校食堂買了一杯熱茶，卻被一個男同學撞上，茶杯掉下。我該怎樣責備他才對呢？汪瑛告訴我：I believe you owe me a cup of tea.（我相信你欠我一杯茶）。厲害不厲害？她畢業後做了加拿大廣播公司的電臺節目監製，跟青梅竹馬的男同學結婚，還生了一個可愛的女兒。

幾年後，我住在香港的日子裡，替日本電視臺去紐約唐人街訪問中國偷渡客，發現那些

「人蛇」遇到的困難、荒謬事件特別多，例如家鄉的親人被綁架勒索等。這到底是怎麼回事呢？那時候，在當地協助我們的華裔記者告訴我：就是人窮多見鬼。

那一句中文俗語說得太對了，偏偏日文裡沒有意義相同的成語。沒有成語並不等於沒有事實。說實在，我在加拿大剛開始的幾年裡，遇到的倒楣事件也非常多。雖然我在經濟上從來沒有真正窘迫過，但是，單單一個外國女子在人生地不熟的異邦，又不大會說當地語言，就很容易陷入「人窮多見鬼」的田地了。果然那兩、三年，我的心情一直不佳，好比頭上始終罩著黑雲。然後，有一天上新聞學院的課，我忽而發覺：剛剛老師說的一句話，我從頭到尾每一個詞兒都聽懂了。那時，我抵達加拿大後已過了兩年九個月。

我去中國大陸留學兩年，跟中國人的溝通基本上沒有問題了。相比之下，學好英文的過程，既漫長又曲折。若從初中一年級開始學英文算起的話，中學六年、大學四年，再加上到了加拿大以後的兩年九個月，經過總計十二年九個月的苦學後，終於敢說學會了。

對自己的英文能力有了信心，我開始做媒體工作了。例如，替加拿大航空公司編機艙雜誌的日文版；替多倫多日本商工會編會報等。旅居加拿大的日本人不多，移民到了第二代、第三代則不大會說日文了，更何況讀寫。在那麼個情況下，我的日文能力算是珍寶。差不多同一時間裡，我也開始用英文寫散文發表在當地報紙、雜誌上；在多元文化社會加拿大，談移民經驗，涉及到跨文化觀察等話題的文章，始終有需求。不久，香港雜誌上的中文專欄都啟動了。就那樣，我專做媒體工作就能湊足夠的錢生活，不用上新聞學院了。

然後，我離開多倫多，搬去香港了。在香港，旅居日本人可不少，我的日文能力大概不會有「物以稀為貴」的強勢吧。所以，打開週六《南華早報》的分類廣告欄目，我找找英文媒體、公關公司的徵人啟事，寄出了好幾封履歷表。出乎預料之外，最早有反應的果然是中文《亞洲週刊》。總編輯說看我的專欄早已知道快要搬來香港，並一口答應支付跟我在加拿大時候一樣水平的薪水：一個月三萬五千塊港幣。說實話，我真有點吃驚了，因為之前聽朋友們說：在英國殖民地，英文工作待遇好，中文工作收入低。也沒有錯。《朝日新聞》香港特派員告訴我：他們付給當地助理的薪水是每月一萬，乃不夠獨立生活的。反之，每月有了三萬五千，就能租個小公寓過中產階級生活了。恐怕我是外國人的緣故，做中文工作都適用外文待遇。我想起來代代木補習班的堀木老師說的那句話：學外語能吃飯。老人家說得真有道理。

在香港，跳槽是家常便飯。我在《亞洲週刊》待的幾個月裡，一個一個同事都提交辭呈換工作去了。有時，工作人員跟上司吵起來，一方拿出支票本開張相當於兩個星期薪水的單子，就當場炒的魷魚；那在當年香港不僅合法而且常見。本來當採訪主任的鄭鏡明，去了

《星島日報》以後，約我寫的「邊緣人」專欄，幫我找來了其他報紙、雜誌的稿約。香港媒體給不同的作家付不同水平的稿費。給我最高稿費的是《蘋果日報》：一個字兩塊港幣。那麼，一天寫五百字，一個月寫三十餘篇，就等於上班賺來的薪水了。

回歸中國前夕的香港，經濟好得不得了。傳媒業又挺發達。後來，我替臺灣媒體、大陸媒體寫稿，酬金都沒有超越過當年《蘋果日報》的水平。另一方面，我一九九七年回日本以後，幾乎專門替臺灣報刊寫稿、由臺灣報社出書，也勉強保持了中產階級的生活水準。後來開始去大學教書，是為了確保孩子們長大以後的學費，光光要賺生活費的話，以筆維生並不是不可能。

這麼多年來，我能用中文寫文章生活，其實有兩個重要的因素。首先，香港、臺灣、中國的經濟逐漸發達，收入水平迅速提高；其次，網際網路的普及，使越境通訊變得既方便又廉價。一九九七年我結婚之前的一年裡，在東京、香港兩地之間，打國際電話花的錢竟達三百萬日圓，即當年我年薪的一半以上。現在呢，幾乎免費了。

我這輩子遇上的恩師有好幾位，告訴我「學外語能吃飯」的堀木老師絕對是其中之一。如今我自己在大學教書，每一學期都不忘告訴年輕學子們：學外語能吃飯。

我無條件愛上中文

★中文猶如另一本護照，也猶如哆啦 A 夢的任意門。

★中文真像哆啦 A 夢的任意門，有了它，就能到很多地方，認識很多人。

★我對它是一聽鍾情，因為最初吸引我的是漢語的聲音，尤其是聲調。

★若說五四文學叫我看到了中文理性、男性的一面，張愛玲則叫我看到了它感性、女性的一面。

★無論在東北哈爾濱，還是在四川成都，大部分中國人都聽得懂我說的話。那經驗真的好過癮。

★中文的優點有：好聽、好看、好玩、包容性高、具有世界性。但是，對我來講，最重要的是它給了我很多自由。

參

從沒想過，他們會成為中國第一支搖滾樂隊……

—

我愛北京搖滾樂

八〇年代的「中國夢」

誰料到，沒有幾年工夫，他們一個一個地走上中國搖滾樂的大舞臺，尤其當年跟我互稱「小三子」「小武子」的丁武翻身為大名鼎鼎「唐朝」樂隊的主唱！

二〇一六年初，日本著名的音樂評論家、早稻田大學教授小沼純一先生來電郵問我：能否在即將召開的研討會上談談一九八〇年代中國的次文化、青年文化？因為對方是音樂專家，我便自然地往音樂的方向去想：能否談談一九八〇年代中國屬於次文化、青年文化的音樂？然後想到：一九八〇年代中國屬於次文化、青年文化的音樂，難道不是有當年的「不倒翁」，也就是後來組織「唐朝」樂隊出大名的丁武他們的故事嗎？

一九八五年在北京，認識到當地頭一批搖滾分子們的始末，我在中文書《獨立，從一個人旅行開始》中的〈青春，北京的搖滾分子〉一章裡寫過。在剛剛留學結束，回國後不久的八六年底出版的日文書《中國中毒》裡也有一篇題為〈北京的搖滾少年〉。當年，他們還沒有取得批准公開演奏。所以，文章只寫到：我為他們取的樂隊新名稱「中國夢」遭到了否決，因為大家覺得是「夢」就不能成真了，但願哪一天他們的「中國夢」能夠終於實現。誰料到，沒有幾年工夫，他們一個一個地走上中國搖滾樂的大舞臺，尤其當年跟我互稱「小三子」「小武子」的丁武翻身為大名鼎鼎「唐朝」樂隊的主唱！

對了，對了。好像是一九九四年，我住在香港時，「唐朝」和當年所謂的「魔岩三傑」即竇唯、何勇、張楚，在九龍紅磡體育館舉行演唱會，博得了當地歌迷的瘋狂喝采。我趁機對丁武進行訪問，發表在當地雜誌上了。在訪問裡，他給我講，當年如何組織樂隊，後來又怎樣從地下爬到地上的。記得我拍的他的頭像，還登在雜誌封面上。那篇訪問，後來收錄在哪本書裡了？把它找出來，在研討會上用日文去講，也許能夠補充這方面的日語資料。

但是，找來找去，我以往出版的二十多本中文書裡都沒有那次的訪問。虧我這些年在臺灣、中國出的書主要針對日本社會、文化的觀察；有關華語圈的專書幾乎沒出過。雖然在《獨立，從一個人旅行開始》一書裡，有一部分談到我在中國留學時候的經驗，但是分量不多，在〈青春，北京的搖滾分子〉中真正談到他們的部分其實不到一千字。儘管如此，我去中國見面的幾個年輕編輯、記者都異口同聲地提到那一段，說道：「新井老師，妳好像是伯樂呀，怎能看出來他們後來會成為大明星呢？」果然，我那些老朋友們真的出名，成為了一代中國人都知道的明星了。

實際上，我根本不是什麼伯樂，也沒有什麼眼光，當年在中國首都，想搞搖滾樂的就只有屈指可數的那一批人，包括丁武和後來被稱為「中國搖滾樂教父」的崔健。

怎麼辦？二十年以前的雜誌文章，我在文件夾裡都沒找著。另一方面，我在網路上查看得知，他們受到的評價似乎愈來愈高，如今已開始寫進歷史記述中，被譽為「中國搖滾史的大神級人物」了。老天不虧好心人。我忽然想起來，住家隔壁的日本國立一橋大學圖書館收藏著大量有關中國的資料，香港殖民地時代末期的重要雜誌，它該整套都有。我聽過一位老師講：一橋大學的前身東京商科大學創立的時候，合併了舊東京外國語學校，而曾在那裡執教的漢語老師們，則個個都出身於江戶時代的開放港口長崎，家族代代擔任日中翻譯官，包括鄭成功弟弟後代的家族在內。如此的歷史，估計跟圖書館裡特別豐富的中國研究資料有關聯吧。總之，離我家走路五分鐘就到的地方有著名建築師伊東忠太設計的一橋大學圖書館。伊東也是個歐亞大陸探險家，就是他發現了雲岡石窟。

一九三〇年竣工的一橋大學圖書館，是羅馬風格的石頭建築，想利用館藏資料的話，只要填寫表格、出示身分證就能進去。果然在「雜誌棟」五樓的開放書架上，有我二十年前寫給香港雜誌的文章。而且在正對面的書架上，還有整套《新青年》，是一九一五年陳獨秀在上海創刊，成為五四文學重要園地的雜誌。我隨手拿出其中一本打開看，結果大吃一驚；中國共產黨早期的領袖瞿秋白，第一次從法語原文翻譯過來的中文版《國際歌》之歌詞與簡譜，就登在那一期。太巧了！因為「唐朝」樂隊的代表作品之一就是搖滾樂版〈國際歌〉，乃一九八九年春天他們赴天安門廣場，為了鼓勵搞靜坐示威的學生們，在卡車上放音箱大聲演奏的，全世界最有名的紅色革命歌曲。

吃螃蟹慶祝打倒四人幫

被共產黨比成紅太陽的毛澤東去世後才一個月，領導文革的他妻子江青等「四人幫」就被捕，據說在北京，家家都買來三公一母四隻螃蟹慶祝。

二〇一六年一月十七日，我參加早稻田大學文學院舉辦的國際研討會「重訪一九八〇年代次文化——貫穿亞洲的青年文化之起源」。第一部的主題是：一九八〇年代流行音樂的世界。第二部則是：一九八〇年代漫畫的世界。第一部有兩個日本音樂人和一個韓國評論家演講，我在他們之後做了半個鐘頭的演講，題目是「一九八〇年代北京：搖滾樂的萌芽和改革開放」。半個鐘頭很短，而且與會者當中，對中國社會文化熟悉的人不多，於是我得從大背景說起。

文化大革命時期（一九六六－一九七六）的中國曾不允許任何異端文化的存在，包括舊社會文化、資產階級文化、外國文化統統都遭禁止。只有共產黨中央認可的京劇「八個樣板戲」等紅色經典方被許可。如果犯規給發現了，後果非同小可，例如以特務、現行反革命等罪名被抓起來送到新疆沙漠上的收容所勞動改造去。在那麼個社會環境裡，根本談不上什麼次文化。至多有高幹子弟們狐假虎威地偷看西方小說、電影等，猶如姜文在影片《陽光燦爛的日子》裡所描繪的那樣。如今大陸網路上流傳，毛澤東的親信林彪之子林立果就是那樣偷嚐了老百姓無法接觸的西方禁果。一九七六年，被共產黨比成紅太陽的毛澤東去世後才一個月，領導文革的他妻子江青等「四人幫」就被捕，據說在北京，家家都買來三公一母四隻螃蟹慶祝。為什麼吃螃蟹？應該是「螃」和「幫」諧音，而且兩者都「橫行」所致。吃螃蟹慶祝四人幫被打倒，算次文化嗎？該算。就是阿城在《閒話閒說》裡寫的市井文化。

一九七八年，鄧小平重新上臺，開始引進改革開放路線。根據美國著名的政治學家傅高義寫的評傳，他與其說是社會主義者，倒不如說骨子裡是實用主義者，作為中國領導人，畢生最有名的一句話竟然為：不管白貓黑貓，能抓到老鼠就是好貓。以那一句話，他實際上否定掉了中國共產黨之前三十年執行的社會主義。儘管如此，一九八二年夏天，當我第一次去北京進修漢語的時候，長安街上還根本沒有私家車，商店裡還沒有賣牛仔褲，大家仍著綠色人民裝、戴綠色人民帽、穿黑色布鞋，說車子指的絕對是自行車，說高級車子指的則是鳳凰牌中國產自行車。共產黨政府事後定性為「十年動亂」的文革結束了，但是重新邁向經濟建設很不容易。實行了三十多年的計畫經濟，中國人好像忘記了買賣是怎麼做的。待在北京的四個星期裡，我從國營商店售貨員嘴裡聽到最多的一句話果然是：沒有！

兩年後，我考取中國教育部為期兩年的獎學金去大陸留學，第一年在北京外國語學院進修現代漢語。一九八四年在中國現代史上算是相當和平，令人懷念的年頭。社會風氣跟兩年前很不一樣了。日本明星山口百惠主演的電視連續劇《血疑》風靡一時，人人都哼著她唱的日語主題歌。臺灣電影如《搭錯車》也很受歡迎，蘇芮唱的〈酒矸倘賣嘸〉，我就是當時當地學會的。還有，早一年投靠共產黨的侯德健曾為國際上孤立的臺灣而寫的〈龍的傳人〉，這時正在北京膾炙人口。影響最大的莫過於鄧麗君，甚至當年有個說法：白天聽老鄧，晚上聽小鄧。每到週末，各個單位舉行舞會，是隨著卡西歐牌電子琴的伴奏，男女老少跳交際舞的。日本歌曲，如〈四季歌〉〈北國之春〉〈星〉，以及臺灣校園歌曲如〈橄欖樹〉等都很流行。還有電視上的日本卡通片如《一休和尚》，中國人民也衷心享受著。紅色經典一邊倒的時代已經過去了。但是，人們仍沒有忘記文化大革命的恐怖，誰也不敢冒犯，規規矩矩得很。所以，他們享受的只有官方認可的文化，即使那是資本主義國家的流行文化。

北京有搖滾樂嗎？

那兒是劇場天花板上的閣樓，本來應該是當倉庫用的空間，再上去就是屋頂陽臺。當天，那空間裡有七個小伙子，都二十出頭，個個都高瘦，個個都留著長髮，個個都微笑著。

「我今天上街認識了一個當地小伙子，說是搞搖滾樂隊的。他約我明天去看他們排練。妳要不要跟我一起去？」在北京外國語學院的留學生樓，住在我隔壁房間的日本留學生千繪，有一天問我。那年代，留學生樓一層接待處牆上貼的「工作人員須知」中有一項說：內外有別。意思是，中國人和外國人身分不同，適用的規則也不同。如果違反，會有麻煩。所以，一般中國人對外國人是敬而遠之的。我們留學生認識到的當地人，除了老師以外幾乎只有學生。跟社會青年相識的機會不多，何況是搞搖滾樂的。

「北京有搖滾樂嗎？」當初我不敢相信，因而出於加倍的好奇心，第二天和千繪以及兩個女同學，一塊兒去了位於王府井北端的首都劇場。那裡是北京人民藝術劇院的根據地。他們上演的老舍原作《茶館》非常有名，我看過後印象特別深刻，有件事記得很清楚：在每一個場面，無論到了什麼時代（清朝、民國、日據、美國管制……），茶館牆上一樣貼著字條說：莫談國事。那天在劇院旁邊的樓梯下，等著我們的是一個高瘦個子的小伙子，穿著牛仔褲，挺酷、挺帥的。他自我介紹說叫嚴鋼，然後帶我們上劇場外面的樓梯，一直爬到最高層去。那兒是劇場天花板上的閣樓，本來應該是當倉庫用的空間，再上去就是屋頂陽臺。當天，那空間裡有七個小伙子，都二十出頭，個個都高瘦，個個都留著長髮，個個都微笑著。

我後來想起的他們，臉上永遠是笑容。也許跟那年北京的風氣有關吧。改革開放剛剛啟動，大家對未來抱著既謹慎又誠懇的希望。中國人仍然普遍貧窮，但給人很乾淨的感覺。七個小伙子是：嚴鋼、李力、王迪、丁武、小季（李季）、小臧（臧天朔）、秦奇。他們有一套搖滾樂器，電吉他、電貝斯、電子合成器、鼓等等，是我在北京第一次看到。那天王迪唱萊諾・李奇的〈哈囉〉，李力則唱蔡琴的〈恰似你的溫柔〉，小臧就彈鍵盤唱自己寫的一首〈我祈禱〉。大家異口同聲地說：「想聽盡可能多的外國流行歌曲，最好是搖滾樂，拜託。」我們當場就答應：「好啊，好啊，從日本帶來的音樂卡帶全都拿來借給你們聽。」

後來，我幾乎每天下課以後，都到首都劇場閣樓去看他們排練了。說排練，他們並沒有具體的演出計畫。其實，當時在大陸，還沒有中國人、中國樂隊公開演奏過搖滾樂的。一九八一年，日本的GODIEGO樂隊在天津演出，算是搖滾樂在中國的先驅之一。第二年谷村新司帶領的ALICE樂隊在北京演出。然後，就是以〈Careless Whisper〉一首歌轟動全球的英國轟！（Wham!）合唱團，一九八五年四月在北京工人體育場演出，叫一萬五千名中國聽眾受盡西方搖滾樂的洗禮。但是，當地人組織的搖滾樂隊能否取得當局批准，到底可不可能舉行公開演唱會，當時仍然是個未知數。所以，平時快樂的七個小伙子們，一被問到日後的計畫，就變得寡言，搖搖頭，嘆息。

我當時剛到北京才半年左右，還聽不大懂中國話，尤其是兒音很多的北京話。何況，天黑了以後，他們吃著晚飯彼此說的竟是四川話了！說起來都很神奇，雖然個個都在北京長大，但他們多數人的母語卻是四川話，因為父母是四川人。大夥兒算是同鄉，彼此的家長又都屬於同一個文藝工作團，以致小朋友們在同一個院子裡，同一個單位宿舍裡長大。他們從小受中西音樂的薰陶，怪不得給人很有修養的印象。音樂世家的子弟們，是到了青春期才發現西方搖滾樂的。在那七個人當中，好像只有丁武的父母親不是四川人。除了我以外，只有他聽不懂四川話。結果，我們倆單獨說話的機會較多了。可以說，那一段時間，丁武是我的中文家庭老師，記得他也教過我唱一首文革歌曲〈大海航行靠舵手〉，是把毛澤東思想比成革命舵手的。

那年在北京，託改革開放之福，個體戶餐廳剛開始出現，在西單大街南邊，開了個家庭經營的川菜館。七個搖滾青年結束了一天的排練以後，就去那裡吃飯喝啤酒，氣氛比凡事死板、動不動就給女服務員喊「沒有！」的國營餐廳放鬆得多了。之前在北京，只有一家國營的四川飯店，為鄧小平等四川出身的高級幹部服務。至於還在地下的年輕搖滾分子們，則在人行道上放置的摺疊式圓桌邊盡情吃魚香肉絲，喝北京啤酒，談中西音樂，不亦樂乎。

他們樂隊的名字暫定為「不倒翁」，跟鄧小平的外號不約而同。我沒問過他們那隊名是否就取自同鄉首長。可是，記得在一九八四年十月一日，在長安街天安門前舉行的建國三十五週年遊行上，大學生們主動舉起了寫著「小平您好」的紙牌。屬於同一世代的搖滾分子們，對兩次被打倒兩次復權的矮個子首長一樣有好感也不奇怪吧。何況都是對魚香肉絲情有獨鍾的四川人。

重見搖滾老哥們

記得丁武曾告訴我：「北京老百姓，拿畫畫兒的叫傻子，拿搞音樂的叫瘋子。我離開單位開始搞音樂，媽媽說，你現在是又傻又瘋了。」

將近十年以後，我在香港重見了丁武。他已經是「唐朝」樂隊的主唱，中國很有名的搖滾音樂家了，那次來香港參加「一九九四搖滾中國樂勢力」演唱會。二十餘年後的今天，那晚的演出被說成是「中國搖滾樂最輝煌的時刻」。當時我恰好做當地媒體的專欄作家，中文根基也比留學時代厚了點兒。這回才有能力和機會問他自己和「不倒翁」的何去何來。

丁武的父親是祖籍江蘇的空軍老幹部，母親則是北京人。我記得他有一次帶我去看過住在老胡同裡的姥姥。他自己是一九六二年十二月三十日在北京出生，還沒上學之前，就遇上了文化大革命。六歲的丁武就跟著父母去東北「五七幹校」，乃根據毛澤東發出的「五七指示」，把黨政機關的幹部和知識分子下放到農村去接受貧下中農再教育，換句話說是進行勞動改造、思想教育的地方。丁武說：「當時父母天天忙於幹活，挨批鬥，根本顧不得孩子。社會又不關心孩子。所以，我們這批『幹校的孩子』是在沒有愛的環境裡長大的。」果然，登在《九十年代》月刊一九九四年十二月號的訪問，題為〈在沒有愛的中國長大，麻木的北京給我創造慾——搖滾樂隊唐朝的靈魂人物丁武〉。

以文化革命的名義被奪去讀書的機會，十歲回北京時，丁武還不識字。去學校，又主要替共產黨支部畫政治宣傳的海報。他的創造能力，顯然最初發揮在美術方面。下課以後去少年宮參加繪畫班，丁武認識了後來的樂友王迪。他們的中學時代，毛澤東去世，鄧小平復出，北京開始有電視機、錄音機了。有一天，他聽到朋友放的迪斯可音樂而受到震撼，覺得非常美，馬上去王府井樂器店買了一把二十塊錢人民幣的國產木吉他。然後，就跟王迪兩個人一起上私人辦的古典吉他學校，除了學演奏技術以外，還學了樂譜、和聲、樂理等。丁武說：「一開始就想搞搖滾樂的。但我是畫畫兒出身，知道搞藝術基本功非常重要。」另一方面也有現實的需要。當年北京市面上根本沒有搖滾樂譜賣，所以只好向中央美術學院的留學生借卡帶，然後邊聽邊一首一首地記譜下來，用他們的術語就是「扒磁帶」。他天天跟王迪一起「扒」音樂磁帶，很快就學會唱披頭四、滾石樂隊、美國鄉村音樂等十幾首歌了。當時他們不懂英文歌詞，只懂旋律與和聲而已。我覺得，他們跟普通的中國人或者跟西方的搖滾青年稍微不同，因為特認真、特老實，甚至給人很單純的印象。這也許就是藝術家氣質了。

一九八二年，丁武從學校畢業。在當年中國，工作是由國家分配的。他被分配到職業高中去教美術，王迪則被分配到世界音樂畫報出版社上班。他們倆組織了第一個樂隊叫「蝮蛇」，是取自李白的一首詩。丁武說：「那種蟲子能爬得很高，我們要學牠的精神。還有，披頭四也是一種蟲子，甲殼蟲吧。」搞樂隊需要樂器和設備，光光有工資是遠遠不夠的，於是兩個美術青年天天畫一張兩毛五的風箏，設計掛曆，還畫插圖，幾個月後才買到第一把電吉他，是一百五十塊錢人民幣的。然後也要買貝斯、鼓、錄音機、麥克風、音響、磁帶……他說：「當時在北京搞搖滾音樂的人很少，在外面碰到彈吉他的人就覺得特別親切，馬上聊起來。就那樣聽到了北京歌舞團有吹小號的崔健，還有文工團宿舍子弟組的樂隊，那就是早期的不倒翁。」

在計畫經濟時代的中國，職業音樂家都屬於國家單位，正如所有作家、演員、運動員一樣。社會主義政權下，沒有獨立音樂家的概念，更何況是搖滾樂隊。他們想搞樂隊，想演奏搖滾樂，想公開演出，都需要錢。可怎麼辦？正好，中國流行音樂開始興起，各文工團也需要新的設備了，於是美國一家樂器行在北京舉行展銷會。丁武一個朋友在會上認識深圳一家公司的負責人，大膽地向他提出成立私人文工團的建議：公司先給他們提供樂器、設備和排練場所，然後他們演出給公司賺錢。就那樣，一九八四年「不倒翁」樂隊正式成立，丁武、王迪都馬上辭職來參與了。

記得丁武曾告訴我：「北京老百姓，拿畫畫兒的叫傻子，拿搞音樂的叫瘋子。我離開單位開始搞音樂，媽媽說，你現在是又傻又瘋了。」也有道理，在當年中國，離開單位意味著連身分都變得很可疑。好在三十年後的今天，一度教他母親慨嘆不已的「不倒翁」樂隊，居然被中國的年輕一代肯定為「不僅是內地第一支嚐試用電聲器演繹現代音樂的樂隊，也是內地搖滾真正意義上的奠基者」（《中國搖滾編年史》）。我就是那個時候認識他們，卻沒有意識到小伙子們正在創造歷史。他們不僅是音樂藝術方面的先驅，也是音樂產業化的先驅。之前的文工團是替共產黨做政治宣傳的工具，「不倒翁」卻引進、推動了西方式的音樂家以及音樂產業的概念。

社會主義下的單位包羅一切，正如屬於文工團的四川人既是同事又是鄰居，而且是跨世代的命運共同體。所以，離開原屬單位，不僅失去工作而且還失去了住房。怪不得「不倒翁」中幾個人就住在首都劇場閣樓的排練場裡。他們的財物很少，衣服只有一套，內衣只有兩套，用手洗好了就拿到屋頂陽臺上去晾曬。儘管如此，只要能搞自己喜歡的音樂，他們很快樂，臉上永遠掛著甜蜜的笑容。可以用一句話來概括他們的生活方式給我的印象：活得瀟灑。

記得有幾次，北京歌舞團的小崔即後來的「中國搖滾教父」崔健，帶著小號來排練場。他當時跟歌舞團的同僚們組織「七合板」樂隊，乃七個成員繫著蝴蝶領帶合唱的。他們灌過一張唱片，最著名的一首歌是美國電影《畢業》的插曲〈斯卡伯勒集市〉。還有，本來在廣播交響樂團拉大提琴，當時正轉向要成為演員、歌手的孫國慶，則像「不倒翁」成員的大哥那樣，經常來排練場跟他們聊天，或在角落裡一個人彈吉他。然後到了傍晚，大家一塊兒出外，到那四川館子或者到西四延吉冷麵店，吃魚香肉絲或者吃朝鮮冷麵和麻辣狗肉。最後是誰有錢就誰付錢，顯然採用一種共產制度。當時在北京還沒聽說過什麼AA制。

深圳是中國最早期的經濟特區，在北京仍不批准的經濟活動，到了南方特區則可行。公司方面決定派「不倒翁」樂隊到深圳一家酒店去演出，連火車票都買好以後，卻臨時取消計畫了。我估計，公司老闆想的是浪漫矯情的港臺流行歌曲，可是小伙子們要搞的是自己創作的搖滾樂，兩者之間存在的不是小誤會而是大鴻溝，果然越談越糾纏。公司關閉了首都劇場閣樓的排練場，失去了窩的幾個人只好去北京火車站過夜。薪水都停發，使得一窮二白的丁武全身起了疹子，乃營養不足所致。他真的連吃餛飩的兩毛錢、坐公共汽車的五分錢都沒有，在我認識的人裡面最窮的一個了。一個原因是他家人不在城裡而住在郊區南苑機場附近的空軍幹部休養所。最後「不倒翁」解散，他們早期的夢破滅。

中國第一支搖滾樂隊

四個成員的平均身高超過一八〇公分，而且都披著長及腰部的直髮，可以說是中國視覺系樂隊的先驅，既帥又酷。

一九八五年八月底，我離開北京，轉學到廣州中山大學去了。臨走之前，丁武給了我一張水彩畫，是在天藍色的底上摹寫敦煌石窟中壁畫的，其中有仙女彈著琵琶。我把大張畫兒捲起來用手拿著上飛機，不小心忘在頭上的櫃子裡了。第二天打電話去中國民航局詢問都沒結果，我長期為此感到非常遺憾。

在中山大學的宿舍裡，晚上開收音機就能聽到香港FM商業電臺的節目，以及臺灣向大陸做的宣傳廣播「自由中國之聲」，乃女性播音員用嚴厲的話語辱罵共匪暴虐的，正如現在北韓的新聞節目那樣。還有非常神祕，幾乎全用數字播送的節目。「56389同志，56389同志，12114297，885021111。中央對你最近的表現很滿意。89954433，89554433」，估計是跟躲在哪裡的特務聯絡的吧？那是臺灣解嚴之前，柏林圍牆仍牢牢豎立的時代，東西兩大陣營還處於冷戰狀態。

香港的電臺用我聽不懂的廣東話播音。還好，那年很流行著一首國語歌，乃著名公益曲〈明天會更好〉。我多年以後才得知那是羅大佑作曲，張艾嘉等人作詞，由六十名臺灣歌手合唱的。當時只知道是一首普通話歌曲，根本沒想到是臺灣歌曲。我的中文還挺差的，取得信息的能力也很有限。每晚每晚重複地聽著〈明天會更好〉，除了歌名以外，歌詞只記住了一句「媽媽張開你的眼睛」，其實應該是「慢慢張開你的眼睛」。羞愧！

到了廣州，我收到了丁武他們去「走穴」的消息。但「走穴」是什麼？十年以後在香港訪問他，我才搞懂究竟是怎麼回事。他說：「當時，文藝團體的改革開始了，大家要自己賺錢，自力更生了。所以，紛紛打一些歌星、影星的牌子去賣票，然後組織兩個小時的節目，在小地方的體育館演出雜技、小品、相聲、流行音樂。說是活躍祖國各地的文化生活，其實內容特別雜。」丁武幫文工團彈吉他，有港臺音樂、西方電影音樂、京劇樣板戲《紅燈記》等。最長的一次，從錦州一直到九江，他隨團走了整整兩個月，最後收到了三百塊錢。當時，一次演出是給他五塊錢人民幣的。「走穴」讓他接觸社會，去全國各地轉，在舞臺上鍛鍊，也讓他賺錢生活。但是，他說：「從純音樂的角度來看，特別沒有意義，是純娛樂。」

同一時期，崔健也搞過流行歌曲。然後，一九八六年在北京工人體育場舉行的「世界和平年百名歌星演唱會」上，崔健帶領丁武的老朋友王迪等幾個人，第一次以樂隊形式上舞臺，第一次公開演唱〈一無所有〉，成為中國搖滾樂的第一炮。現在，網路上就可以看到那晚的演出。崔健穿的褲子，一個褲腿長，一個褲腿短，是故意弄出來奇形怪狀的。他彈著電吉他，聲嘶力竭地唱著自己寫的〈一無所有〉。藝術的力量很驚人，臺下的聽眾一下子聽明白，那是一首屬於他們的搖滾樂曲。丁武說：「他的〈一無所有〉影響了很多人。我們從搖滾樂的形式出發，當時才找到了方向和內容。」

一九八七年，丁武拉上一家汽水公司的投資，跟王菲的第一任丈夫竇唯等人成立了「黑豹」樂隊，便開始寫自己的作品。早期的「黑豹」還採用文工團模式，擁有好幾名歌手，主要唱外國歌曲。隨著丁武對各種流派的搖滾樂慢慢有了鑑賞力，他想要擺脫文工團模式，想要搞純粹的搖滾樂隊，更想要創造自己的東西了。於是他離開「黑豹」而獨自去新疆走了兩個月。回到北京，認識一個主修中國歷史，當時來華留學的美籍華人郭怡廣（Kaiser Kuo），通過跟他長時間的對話，了解到西方搖滾樂發展的歷史，並被「進步搖滾樂」的人文氣息強烈吸引。最後，他們另找美國人薩保和湖南人張炬，成立了「唐朝」樂隊。四個成員的平均身高超過一八〇公分，而且都披著長及腰部的直髮，可以說是中國視覺系樂隊的先驅，既帥又酷。

那是一九八八年。「唐朝」是中國第一支重金屬搖滾樂隊。關於「唐朝」這一名稱，丁武說：「當初只覺得這個名字很好聽，而且我們都留著長頭髮，特像中國古代的大俠。可是，後來漸漸發覺個中的含義，對當代中國社會的諷刺。唐朝的中國多開放，吸取世界各國文化，藝術發展，社會穩定。唐朝又是中國最長的朝代，是文人的世界。」他從新疆絲綢之路回來以後組織了「唐朝」樂隊，似乎不是偶然。到了後來，他都把樂隊成員比做《西遊記》的登場人物，自己始終是唐僧，是要西行取經的和尚。

一九八八年到八九年上半年是中國搖滾樂的第一個高峰期。原屬於「不倒翁」的秦奇從日本進修回來，在西四的星光酒吧舉行了第一個由中國人主辦的地下搖滾音樂會，也就是北京當年所謂的「派對」。（其實，一九八六年還是八七年，秦奇有一次忽然出現在東京我家的門口，乃光憑著我留給他們的聯絡地址找到的。當年的中國人沒有事先打電話相約的習慣，好叫人吃驚。那該是他在日本進修時期的事。）然後，幾乎每個星期都有「派對」，搖滾樂隊也多起來了。當時所謂的「八十年代現代派」青年們，包括畫畫的，搞戲劇的，都騎自行車到「派對」場地集合。結果，搖滾分子開始和其他前衛藝術家交流。例如，一九八八年夏天，行為藝術家溫普林在長城舉行的「大地震」，乃用布把長城包起來，並把音響擺在長城上，由「唐朝」等六個樂隊演出整整一天。以藝術院校學生為主的觀眾多達四、五千人。

原來，丁武和早期北京搖滾樂的重要人物都沒有強烈的政治意識。他們主要是單純愛音樂的藝術家。在這一點上，崔健算是例外。他的第一首〈一無所有〉就有濃厚的政治味道。一九八九年初問世的首張專輯則叫《新長征路上的搖滾》，顯然把自己比作早期未掌權之前的共產黨了。在海外受注目的一九九一年作品〈一塊紅布〉，他甚至用紅色纏頭布蓋住雙眼演唱，由外人看來不可能不是對共產黨政權的抗議。對此，圈子裡一方面承認崔健先驅者的地位，同時對他的音樂本身一直有質疑的聲音。丁武都說過：「崔健並不代表我們。他的歌詞，精神很好。但音樂上沒有創造，是比較老的西方音樂。」

八九學運的衝擊

外界很容易理解中國學生要反對共產黨的獨裁，卻很難理解他們曾經對共產主義抱有的深刻信仰和憧憬。在中國，人民倒希望共產黨政權變好，成為真正的父母官。

然而，一九八九年春天，北京大學生在天安門廣場上展開的民主運動，竟影響到搖滾樂象牙塔了。丁武說：「我們忽然覺得，中國搖滾樂沒發展和政治是有關的。學生喊反對政府腐敗的口號非常對，而且民運的氣氛很新鮮。文革的時候，我們太小，沒經歷過政治動亂，這回一下子要發洩壓抑了多年的東西。老一輩人說危險，我們不明白，組織了搖滾樂遊行，在卡車上裝了音響，打著『北京人民擁護你們』的牌子給學生演出，崔健唱〈一無所有〉，我們唱〈國際歌〉。」

當時丁武二十六歲，崔健二十七歲，是比大學生大幾歲的哥哥。他們是人民共和國帶大的孩子們，一點也不懷疑國際社會主義一定代表著正義。只是從外人看來，情況有些荒謬；要求自由和民主的學生們以血肉之軀抗議共產黨政府的腐敗，丁武他們卻用紅色革命歌曲《國際歌》來支援年少的弟弟妹妹，有點像在歐洲宗教改革時期，當清教徒批判天主教會腐敗之際，唱讚美歌鼓勵清教徒的唱詩班。

我猜崔健大概是歷史上偶爾出現的，具有預知能力的詩人之一。他在早三年寫的〈一無所有〉就唱「我要給你我的追求，還有我的自由，可你卻總是笑我一無所有」。那「一無所有」四個字，除了是中文常用的成語以外，還是〈國際歌〉歌詞裡出現的關鍵字句：「奴隸們起來，起來！不要說我們『一無所有』，我們要做天下的主人！」「百名歌星演唱會」的聽眾們一下子聽明白〈一無所有〉，一個伏線就是他們對〈國際歌〉很熟悉。一九八九年春天，在天門廣場彈電吉他唱搖滾樂版〈國際歌〉，如果比作奴隸的是學生們、中國人民，那麼壓迫他們的到底是誰？同一年夏天開始，東歐各國的民主運動即將打下一個接一個共產黨政權，最後連東方陣營老大哥蘇聯共產黨都給打下來。只有中國共產黨，投入武力來對待手無寸鐵的學生們，用年輕人的鮮血保住了紅色政權。

「妳說，他們唱〈國際歌〉聲援反對共產黨政府的學生嗎？怎麼可以那麼扭曲？」事隔二十七年，當我在早稻田大學小野禮堂的會議室，介紹演講內容的時候，主持研討會的小沼純一教授驚訝地問。我回答說：「是啊，還用紅色纏頭布蓋住雙眼唱〈一無所有〉的，因為他們從小聽大人講共產黨不會辜負人民而衷心相信。」所以，與其說〈一無所有〉〈國際歌〉是對共產黨政權的抗議，倒不如說是對共產黨政權、對國際社會主義的祈禱。外界很容易理解中國學生要反對共產黨的獨裁，卻很難理解他們曾經對共產主義抱有的深刻信仰和憧憬。一九八九年，東歐人民把共產黨政權和社會主義一口氣倒掉了。在中國，人民倒希望共產黨政權變好，成為真正的父母官。但那樣的期待只可能被背叛，因為他們心愛的「不倒翁」首長其實是實用主義者，希望中國這隻貓趕緊去多抓些老鼠。

今天，中國大陸的「百度百科」說，〈一無所有〉出現的歷史背景是：一九七〇年代中期文革結束，中國政府開始施行改革開放政策。許多學生、商人出國，將西方的流行音樂帶回來。與此同時，中國大陸社會和政府都很快屏棄了毛澤東思想，所促進的經濟政策也有了更多的資本主義取向。許多中國大陸的青少年和學生覺得政府已經放棄了自己的理想，對之感到幻滅。由於經濟上的快速變化，許多人認為自己既沒有機遇，也沒有個人自由。這就是一九八六年〈一無所有〉出現時的歷史背景。

這條解說弄錯了時代。崔健寫〈一無所有〉的一九八六年，改革開放剛啟動，中國還沒有引進市場經濟，所以也還沒有商人出國。一九八六年在中國大陸，我清楚地記得仍有很多人要以「社會主義的優越性」來說服資本主義國家來的外國人，如我。八七年初的「反對資產階級自由化鬥爭」可以說是中國共產黨領導的最後一場全民性政治運動。之所以需要展開，是因為隨著改革開放，自由、民主等西方價值湧入中國，跟共產黨的「四項基本原則」產生了矛盾。「四項基本原則」是：堅持社會主義道路、人民民主專政、共產黨的領導、馬列主義和毛澤東思想。

「權力腐敗，絕對權力絕對腐敗」，乃世界政治史上鐵的規律。何況在沒有政權交替的前提下，共產黨政府進行改革開放，邁向經濟成長，必然導致官僚腐敗；同時，人們想要的自由、民主因受到「四項基本原則」的抵制，必定遙遙無期；那是一九八九年四月胡耀邦去世前後，北京的大學生們才意識到的現實。可見，八六年寫了〈一無所有〉，唱「我要給你我的追求，還有我的自由，可你卻總是笑我一無所有」的崔健，至少是超前幾年的。

一九八九年六月四日清晨，中國人民解放軍打進天安門廣場，叫人們對共產黨第一次真正幻滅。丁武說：「當時感覺特別恐怖，事情開始惡化了，殺人了。」「唐朝」樂隊的兩個美國人坐專機離開中國。「北京完全不同了。在民運中恍然大悟，又突然間無所事事了。我們的『派對』也沒有了。人們很清楚地看到社會主義告一段落，對解放軍的印象也轉了一百八十度的彎。」

三年以後，八十八歲的年邁的老壽星鄧小平，走完一趟南巡之旅，猶如白鳥絕響一般地提倡「社會主義市場經濟」，給一部分中國人帶來機遇。除了「白貓黑貓」以外，他語錄裡還有著名的一條說：「讓一部分人先富起來」，多麼像二十一世紀新自由主義派經濟人說的話呀。不出所料，未能屬於那「一部分」的多數中國人要感到雙重的幻滅了：首先，他們對社會主義的信仰給共產黨汙衊了；其次，共產黨也不講公平，只給一些人、自己人嚐到甜頭，叫其他人、廣大人民去自生自滅。

從地下到地上的搖滾樂

一九九〇年代以後，搖滾樂在中國不再屬於地下了，但也沒有融入主流文化。雖然勢力大幅度擴張了，還是屬於小眾的，如今不僅有當局的管制，而且多了市場的挑剔。

今天在中國大陸的網路上看得到的「搖滾樂編年記」可不少，卻偏偏缺少有關八九學運的記述。但願到了適當的時候，有人會補上去。一九九〇年一月，崔健在北京工人體育館舉行第一次的個人演唱會。那也是中國官方第一次正式批准的搖滾音樂會。同年二月，首都體育館的「一九九〇年現代音樂會」由「唐朝」等六個樂隊演出自己的作品。丁武說：「那是中國搖滾從地下走到地上的標誌。現場有很多國內外記者，叫我們終於受到關注。」同一年，「唐朝」作為大陸搖滾樂隊，第一次跟海外商業機構（臺灣滾石唱片公司）簽合約，演出機會漸增。九二年底發行的第一張專輯《唐朝》在大陸賣了五十張，在香港、臺灣、南韓、新加坡也同時發行，總銷量達二百萬張。

二十年後，有很多中國人說《唐朝》就是他們的青春，不足為怪。「唐朝」的作品一方面跟當代西方的重金屬搖滾樂接軌，另一方面洋溢著對中國傳統文化的憧憬和驕傲，其實它表達的是認同的危機和對此緊迫的渴求。聽著「八個樣板戲」長大的「幹校的孩子」，在標題作品裡插入京劇念白般的一段，表現出既陽剛又華麗的中國想像來。丁武用高音喊：「憶昔開元全盛日，天下朋友皆膠漆，眼界無窮世界寬，安得廣廈千萬間。」聽起來彷彿京劇的同時，也讓人聯想到英國皇后樂隊主唱佛萊迪•墨裘瑞的歌聲，有一會兒「東入西出」一會兒亦「西入東出」的感覺。他們樂曲的特點就是格局大，藝術性高，既有世界性，又有中國風。臺灣網路上，有人評〈夢回唐朝〉道：「世界其他地方，沒有人能寫這樣的歌詞」。丁武說過，他組織「唐朝」之前，上了郭怡廣的西方搖滾音樂史課，被「進步搖滾樂」的文人氣質吸引，決定走這一條路了。果然他是說到做到的。

他也在那次的訪問裡說過：「太多不愉快的事情發生了，愉快的事情很少。不敢去回憶，又擺脫不了。每件事情記得特別清楚，像噩夢似的。」「唐朝」樂隊的第一張專輯叫

《唐朝》，歌詞裡出現很多很多的「夢」，而其中不少是「噩夢」。例如〈飛翔鳥〉一首唱：「永遠沒有夢的盡頭，永遠沒有不滅幻想。想當年狂雲風雨，血洗萬里江山。昨夜的夢，就在眼前，就在眼前，飄來飄去沒有盡頭，飄來飄去沒有盡頭。」另一個頻頻出現的詞就是「血」例如，〈傳說〉中的：「貞操已被野獸踐踏，田園大火熊熊燃燒，歲月蒸華發，熱血洗沙場，江河回故鄉。」不知道揮之不去的是文革的印象還是六四的記憶，總之在中國有一批丁武的同代人被類似的噩夢魘住。相信對他們而言，〈夢回唐朝〉起了難得的療傷效果。

一九九三年成立的「北京迷笛音樂學校」給從全國各地來北京的搖滾青年們傳授現代音樂的理論和實踐，丁武也常去當講師。自己摸著石頭渡過了搖滾一條河，他對後輩很慷慨，被稱為搖滾前輩丁武老師乃有憑有據。九四年二月「唐朝」赴德國柏林參加「中國文化藝術節」，十二月十七日則參加香港紅磡體育館的演唱會。看到如今大夥兒對那晚「中國搖滾樂勢力」的高度評價，我不能不感嘆：歷史是後人寫的，當晚在場拍手叫好的香港歌迷們也恐怕沒想到自己正在做「中國搖滾樂最輝煌時刻」的目擊者吧。但在大陸說「唐朝是我們的青春」的老粉絲們，往往就是重複聽現場錄音聽到卡帶斷裂的。

一九九〇年代以後，搖滾樂在中國不再屬於地下了，但也沒有融入主流文化。雖然勢力大幅度擴張了，還是屬於小眾的，如今不僅有當局的管制，而且多了市場的挑剔。在不容易的情況下，「唐朝」的專輯還是每隔幾年都問世：《演義》（一九九八）、《浪漫騎士》（二〇〇八）、《沉浮》（二〇一〇，迷你專輯）、《芒刺》（二〇一三）。成員時而變動，只有丁武一直在。所以，一九九四年的訪問標題，把他稱為「唐朝樂隊的靈魂人物」是對的。

談到「唐朝」的歷史，常被提到一九九五年貝斯手張炬因車禍去世的不幸事件。其實，早一年他們來香港的時候，我也在尖沙咀的酒店房間見到過張炬。比丁武小七、八歲，外貌白胖的張炬有小弟脾氣，如日本SMAP組合的香取慎吾。他事事都要擁護丁武大哥，於是還責難過老娘的不是。藝術才華洋溢的年輕人，僅僅二十五歲就離開人間，叫大家覺得豈有此理。不過，炬炬的魅力好像超乎了一般人。一九九七年，「唐朝」樂隊、張楚、竇唯、高旗等參加錄音，發行了一張合輯就叫《再見張炬》。可以說，身後被朋友們想念懷念的中國搖滾樂手，莫過於張炬。同時，丁武對他的感情之深和感情之真，也令人印象深刻。

轉眼之間，又過了二十年。如今，在中國大陸多如牛毛，少說都有幾千支的搖滾樂隊的成員及歌迷中，沒有一個人不知道丁武和「唐朝」。甚至有不少人說，「唐朝」是中國最有名的搖滾樂隊。他都五十多歲的人了，可是在網路上看最近的照片，高瘦的身材沒變，長髮也沒剪短，更甚者仍保持著那小孩兒般的笑容。據悉，這些年他成家有了個女兒，也重新拿起畫筆來開始畫畫，在北京798藝術區等地方辦過畫展。丁武畫自己少年、青年時期的回憶，相信對他自己，對他粉絲會起類似於精神分析的療傷效果。另外，他也練古琴、尺八等傳統樂器，果然是名副其實的搖滾藝術家了。他還在管虎導演拍的走紅電影《老炮兒》裡客串過。

「唐朝」樂隊的活動都沒有閒下來，反之比過去還活躍。除了在北京以及中國各地舉辦演唱會以外，近時還去過紐西蘭、斐濟、北非等地演出。這在中國搖滾樂自從一九九〇年代中期起全盤低落，當年許多明星沒落失蹤的情形下，該說是可圈可點的好成績了。二〇一三年問世的專輯《芒刺》，貫穿全輯的主題是環保和反戰。時代變了，中國變了，可是丁武沒有放棄演唱〈國際歌〉，在著名樂曲〈太陽〉的末尾不忘記加一段〈東方紅〉主旋律，以叫聽眾回想起毛澤東。在二〇一五年太湖迷笛搖滾音樂節的視頻裡面，有丁武帶領的「唐朝」演奏搖滾樂版〈國際歌〉，許多年輕聽眾一起合唱的場面。〈國際歌〉至今是「唐朝」樂隊的代表曲之一，也在中國搖滾樂經典一百首排行榜上占第十四名的位置。顯然這一首搖滾樂曲，在中國次文化的語境裡，一貫具有獨特的意義。在排行榜上，也有「唐朝」樂隊的其他歌曲如〈夢回唐朝〉〈太陽〉〈飛翔鳥〉〈月夢〉，證明丁武實現早年的夢想，把真正屬於自己的作品創造出來，並牢牢刻印在聽眾的心靈上了。

丁武不向商業主義低頭，要堅持「藝術搖滾」的路線。他在一個娛樂新聞節目裡說：在凡事數字化的時代，唱片公司要講效率，要計算成本，主張多用電腦，叫他們只好自己演奏，自己當錄音師，結果做一張專輯需要幾年的時間了。可見，不同的時代有不同的困難需要克服。

曾經的年輕人經過中年走進老年，要失去的東西自然不少，但有時候也會意外地收到時間送來的禮物。看老朋友依舊活躍，可以說是其中之一吧。三十年後，在網路上看到丁武仍然是跟當年一樣的搖滾帥哥，仍然為自己的理想奮鬥，我真高興得有點兒想哭了。他在電視訪問裡說，四十九歲才有的女兒叫他「從心裡深處發出來的愛，增多」，讓老朋友覺得心裡溫暖。

我這回看得很清楚了：搖滾樂跟漫畫、動畫不同，它似乎有超越時空的反主流本質，一貫要跟建制抵抗下去的。換句話說，無論時代的主流遷到哪個方向去，搖滾樂永遠屬於次文化、對抗文化。多虧早稻田大學舉辦國際研討會而邀請我參加，這一次我在心靈上走了一趟回憶和重新認識北京搖滾樂創世紀之路。謝謝母校，謝謝丁武，你真夠哥兒們。最後，我極力勸年輕朋友們：趁機學外語，趁機到遠處玩，趁機多交些朋友，也趁機交得深些，以便多年以後能夠奢侈地耽溺於溫暖華麗的回想中，並且確信：人生終究值得活。

肆

原來，我可以認識這些有故事的人

—

中文帶我到世界交朋友

想念「洋插隊」的朋友們

那些中國籍藝術家們，年紀都跟我差不多，當時三十歲上下吧。他們大多以業務名義出國，基本上是在加拿大「蹲點」的，都說著：等時間滿了，拿到了身分再說吧。

我從二十六歲到三十二歲都住在加拿大多倫多。那正是學校剛畢業出社會的年紀。結果，我平生第一次辦信用卡，平生第一次寫支票，平生第一次繳稅，平生第一次打官司等等，都是在多倫多經歷的。

從中國留學回日本以後，我按志願當上了新聞記者。可是，總覺得日本太小，太單一，自己還沒看見廣大的世界。於是，短短五個月後就辭職，飛越太平洋以及北美大陸，去了五大湖之一安大略湖邊的多倫多。選擇加拿大的原因，是在中國結識了幾個加拿大留學生。他們說加拿大是移民國家，哪個地方的人都有。聽起來不錯吧？我沒經多番思考，到東京青山的加拿大大使館辦簽證去了。

十二月底抵達北國，天氣比我想像得還要冷。那是從聖誕節到元旦，全家團聚的日子，也就是對外人來說，最感孤獨的日子。我去多倫多北方約兩百公里的同學家過節，發現在他們家裡除了我以外還有一個東方面孔，是同學姊姊夫婦為剛出生的雙胞胎娃娃雇請的菲律賓籍保母。加拿大是移民國家，哪個地方的人都有，同學說得沒有錯。只是，在加拿大，人們看到東方女子就自動會猜想是個保母。至少在那個家庭裡，人們很自然地把我和她歸入同一個範疇裡。唯一的區別在於菲律賓人說英語比我流利。在那幾天裡，我也聽到中產階級的加拿大人在彼此之間很自然地說道：收好了保母的護照沒有？別讓人逃跑了。又不能用手銬、腳鐐吧？當我皺起眉來，人家就說：開玩笑嘛。

我看到龍應台寫的一篇散文叫「泰國來的？」，該在差不多同一段時間裡的事情。她當時在德國帶孩子，母子倆雙雙去公園玩耍，有當地老太太問她：是泰國來的嗎？人家的意思是：妳是否通過郵購從泰國給買來的？我在加拿大的六年半，有幾次被誤會為保母，也有一次真被一個老太太問及：不是郵購的吧？

好不容易熬到了一月初，多倫多大學成年課程的英語班開課了。第一天上課，我就交上一個朋友，是北京人楊靖。她比我大六歲，當年三十二，已婚有一女，是放下年僅五歲的女兒獨自出國念書的。她告訴我，弟弟早幾年先出國念碩士，她目前寄宿於弟弟的導師家。當年中國，改革開放剛開始，並不是人人都有條件出國。但是，楊靖在香港有親戚可以資助。多年後我得知，她親戚就是香港最有名的餅乾店老闆。

多倫多大學成年課程的英語班也有日本人，英語程度跟中國學生差不多。可是，講到族群的勢頭，中國留學生就強很多了。他們是文化大革命熬過來的一代，深感自己浪費了念書的好年頭，既然獲得出國留學的機會，最起碼要拿到學位，最好能辦到身分，翻身為外籍專家衣錦還鄉。例如楊靖，她是十歲就遇上文化大革命，後來沒正式上過學，十五歲從軍，在文藝工作團唱唱跳跳幾年後，轉去醫院做助理，出國之前是中國第一家國營商社的總經理祕書。多厲害。相比之下，當年的日本留學生個個都像是富家的傻公子、傻公主。有些是因為在日本沒考上大學，被父母送出國來打發時間的。

楊靖的弟弟當時做多倫多中國學生學者聯誼會的幹事。通過她們姊弟，我對多倫多的大陸人圈子，逐漸有所了解。另一方面，我也通過約克大學中文系的教授，交上了一些中國朋友。那位女老師之前在駐北京加拿大大使館當文化參贊，在職期間，把自家客廳當作文化沙龍開放給當地藝術家。其中有當年屬於北京八一電影廠的演員劉利年（一九五六年生）。他在加中法三國合資的電影《白求恩》裡，飾演重要角色方醫生。加拿大籍人士白求恩醫生是在中國名氣很大的「國際友人」之一，正如美國記者愛德加・斯諾、艾格尼絲・史沫特萊，從抗日戰爭到國共內戰時期，支持毛澤東領導的中國共產黨。把白求恩的故事拍成影片，加拿大官方在各方面都幫了忙；教授回多倫多以後，繼續照顧中國籍藝術家們。劉利年跟《白求恩》的加拿大籍女製片交情不錯，打算搭檔拍片，當時在多倫多尋找機會。中國朋友們都叫他大年兒，因為他是牡丹江出身的東北大漢，不僅個子大而且為人也大器。

看著大年兒的生活我才得知，拍電影是既費錢又費時間的艱難事業。他只好先接一下演戲工作。記得在一部加拿大影片裡，大年兒飾演印第安人的角色，雖然膚色相同，五官卻不像。中國朋友們說，大年兒是相當著名的演員。當年一說「是在《芙蓉鎮》裡，當劉曉慶第一個丈夫的」，大家都說「喲」，馬上曉得了。有趣的是，我在多倫多待的時間裡，有一次應法國協會之邀，訪問過旅法中國小說家亞丁。有趣在於：亞丁一九九〇年代回到中國，認識劉曉慶而談戀愛，兩個人差一點兒就要成為夫婦了。也就是說，我前後認識兩位劉大姊的男人呢。

朦朧詩人多多（一九五一年生）是北京人，我好像是通過大年兒認識他的。中國大陸人有與眾不同的「文藝」概念，乃包括文學和表演藝術的。所以，由他們看來，作家、畫家和演員、舞蹈家，都屬於同一個工作領域。電影演員大年兒和詩人多多，彼此認為是廣義的同行，由於我寫文章，他們也視我為同行。另外，我會說北京口音的中文，他們也不曾把我當外人看待。

多多當年以荷蘭萊登大學為根據地，偶爾來多倫多演講、朗誦、做駐校詩人等。記得有一次，他在安大略湖邊的大劇院舞臺上領取一項文學獎，但是還不能用英語致詞。結果，忽然打開嗓門來，以原文唱了義大利歌曲〈我的太陽〉，用的是職業聲樂家般正式的發聲法，果真獲得了滿場大喝采。很厲害。多多的本名叫栗世征。大年兒告訴我：「多多」是詩人夭折的女兒之名字。做爸爸的以他獨特的方式永遠紀念著已故女兒。

蒙古族舞蹈家康紹輝（一九六三年生），我到底是怎麼認識的，已記不住了。總之，有好多次，跟大年兒、多多等幾個人一起吃飯、聊天，過了很愉快的夜晚。其中一次，他在大鍋裡熬了羊肉湯請大夥兒吃，那味道特別純粹濃醇，叫我至今忘不了。跟大年兒正相反，小康是個小個子，以濃黑鬍髭掩蓋著娃娃臉，但是舞蹈家的身體給人特別柔韌的印象，何況他也偶爾來勁就慷慨地為我們跳起蒙古族的傳統舞蹈：鷹。小康是北京民族學院畢業的。有一次，我從多倫多去一趟北京，見到了他在民族學院時的老同學、老同事。有苗族的，有白族的，跟各地來的少數民族舞蹈家們，在魏公村後巷的小館子裡一起吃火鍋、喝二鍋頭，也是畢生難忘的經驗。

南方出身的女畫家劉幽莎（一九六〇年生），是誰介紹給我的？小提琴家向東和小華，則一定是楊靖介紹來的。他們倆都是說話有北京腔的第二代藝術家。還有，志願當作家的北京女子郭真真。

那些中國籍藝術家們，年紀都跟我差不多，當時三十歲上下吧。他們大多以業務名義出國，基本上是在加拿大「蹲點」的，都說著：等時間滿了，拿到了身分再說吧。一九八九年六四天安門事件發生以後，加拿大政府馬上對當時在該國境內的所有中國人，無條件地發給居留權。那樣子，只要規定的居住時間過了，可以入籍拿到楓葉國的護照。當時恰好在加拿大的中國人，從此全體進入了「洋插隊」階段。跟文化大革命後期，城裡的知識青年們被派到農村「生產隊」去吃苦一樣，他們在外國的日子也不是很好過，可是為了拿到一本加拿大護照，大家都認為：絕對值得。即使沒拿到護照之前，有了居留權，就可以正式工作了。本來下課以後去洗衣店打工的楊靖，轉眼之間就被多倫多金融區高層大樓裡的銀行雇請，連衣服化妝都不同了。

一九九四年春天，我離開加拿大，搬去了香港。差不多同一段時間裡，我在多倫多認識的中國朋友們陸續拿到護照，不用再「蹲」下去了。楊靖不久跟一名同鄉律師再婚，一起搬到香港來；在北京長大的她女兒，中學就去加拿大，後來順利拿到多倫多大學的畢業證書。大年兒則開始跑加拿大、中國、義大利，經過香港時告訴我：要開始做西式家具的生意了。

現在回想，當年在多倫多「洋插隊」的朋友們，其實是領先出國鑽研的社會菁英們。果然，二十多年後的今天，大年兒是海歸導演、資深演員、國際職業設計師，近年在姜文作品《一步之遙》裡飾演大師。多多獲得了紐斯塔特國際文學獎，在海南大學人文傳播學院當教授。小康娶到了鳳凰衛視主持人周瑛琦，帶著兩個男孩兒。劉幽莎後來到美國南喬治亞大學攻讀碩士，也任教於愛荷華州立大學，至今不停地創作。果然一個一個都過了充實的人生。

如果我不會說中文，認識不到他們，在多倫多過的六年半一定遜色很多了。但是因為有「中國文藝界」的同行們，今天想起當年都能娓娓道來；被當地老太太問及「不是郵購的嗎？」都可當作笑話了。人生實在沒有白插的隊。

她曾那麼熱愛香港

從小孤孤單單過慣日子的羽仁未央，在香港發現了熱血沸騰的一座城市。極其密切的人際關係在眼前展開，叫她猶如仰天看煙火的孩子一般目瞪口呆。

我和中文談戀愛，拿著中文這本「護照」來去兩岸三地以及世界各地的唐人街。但也有些朋友，卻對一個特定的地方產生很深刻的感情。我在兩岸三地都認識那樣的人。其中，她的經歷算最特別，無非因為她出身於日本一個名門家庭。她的名字叫羽仁未央。她曾說：我嫁給了香港，不是一個人而是一個城市，父親常說，早就有心理準備，有一天一個男人要把妳搶走，但是萬萬沒有想到把妳搶走的竟是一個城市。

羽仁未央一九六四年二月二十九日出生。她爺爺是日本著名的歷史學家羽仁五郎，乃第二次世界大戰時反對軍國主義的政府，坐過牢的堅定左翼分子，其著作《都市的論理》在一九七〇年代是日本學運分子的聖經。她奶奶是教育評論家羽仁說子，曾祖母更是日本第一個女性新聞記者兼自由學園創始人羽仁元子。未央的父親，即五郎和說子的長子羽仁進是紀錄片導演，未央的母親左幸子是影視演員。

我從小就在電視上看過羽仁未央這個人。她五歲就跟父母去法國、義大利住了兩年，為父親編導的劇情片《未央——妖精之詩》飾演主角，即生活在歐洲的越南孤兒。然後，從九歲到十五歲，她又跟著父親去非洲肯亞住。當時羽仁進替日本富士電視臺拍攝紀錄片節目《動物家族》。偶爾從肯亞回到日本來，未央對學校不能習慣，公開宣布從此不再上學。名門家庭的小女兒拒絕上學，而且有條有理地批判死板的日本教育制度，一時成了社會新聞。然而，不久羽仁家傳出來的另一則新聞更令人側目：未央的父母離婚，而父親馬上跟母親的妹妹再婚了。原來，左幸子的妹妹喜美子做羽仁進的經紀人，陪姊夫和外甥女在非洲草原上搭帳篷住，其間發生了婚外情關係。娛樂圈人士的情色消息，尤其有亂倫嫌疑的，本來就投合大眾的獵奇心，何況個中還有個特會說話的小胖子女兒。

一九九四年，我們在香港相識的時候，未央剛滿三十歲，已翻身為幾分像她母親的苗條美女了。那晚，蔡瀾先生在中環鏞記酒樓請客，我和她夾在幾個香港文化界人士之間，一個講普通話，一個講廣東話，彼此之間還悄悄講日語聊聊。原來，蔡先生年輕時從新加坡去日本留學，在東京就跟羽仁家人有來往。一九八七年，未央移居香港以後，蔡先生在公私兩方面都照顧她，算是給恩人隔代回報。從小在電視上看過的名人，忽然出現在眼前說私話，我忍不住好奇心，改天替香港雜誌約她出來，進行了一次人物專訪。

我們約在銅鑼灣一家酒店一樓的義大利餐廳。印象深刻的是，一坐下來她就告訴我：「身體欠佳，不能喝酒，不能吃肉。」於是點了一瓶礦泉水和一屜蒸蔬菜。說話卻不礙事。她告訴我：「小時候在非洲草原上一個人看日文書、英文書，連愛因斯坦的《相對論》都看了，但是身邊就是沒有人，只好把獅子、鱷魚當朋友。」香港有很多人說：「在非洲長大的日本女孩子應該不多，漫畫家柴門文的原作改編的電視劇《東京愛情故事》之女主角，即非洲長大的赤名莉香，一定是羽仁未央其人吧？」可是，她本人卻沒把漫畫、電視劇的女主角當作另一個自我。

未央說：「從來沒喜歡過日本，小時候每次飛機抵達東京羽田機場就大聲哭泣。」十五歲定居日本以後，她開始寫文章發表，也主持電臺節目，十六歲起甚至拍自己的電影了。然後，一九八五年第一次來香港，被充滿活力的當地電影圈強烈吸引，考慮搬過來住。她說：

「小時候在巴黎，見過許多殖民地來的人。非洲肯亞又原是英國殖民地。加上從小聽說，香港是借來的土地，借來的時間，頗有趣。另外，爺爺羽仁五郎曾在一九二〇年代的巴黎待過，父親羽仁進則在五〇年代的紐約待過，都是一個城市最好的時光，自己碰上黃金時期的香港也許是命運所致吧。」

從小孤孤單單過慣日子的羽仁未央，在香港發現了熱血沸騰的一座城市。極其密切的人際關係在眼前展開，叫她猶如仰天看煙火的孩子一般目瞪口呆。她說：「爺爺一輩子熱愛共產主義，所以我知道戀愛的對象不一定是人，自己愛上的是香港這座城市。」一九八七年搬過來後，在蔡瀾掌管的嘉禾製片公司拍了倪匡「衛斯理」系列的《老貓》，通過跟香港人一起工作的經驗，學到了理性不是一切。她說：例如迷信，爺爺是唯物主義者，連葬禮都拒絕了；可是在香港，風水是大家的定心丸，大有道理存在。

未央說：「香港這座城市猶如父母親離過婚的孩子，傷過心，受不了爭吵，因此不再夢想了；然而，一九八九年春天，北京天安門廣場的學生們開始的民主運動，傳播到香港來，叫這裡的人也開始夢想了；當時他們顯得很幸福，我覺得那一切都非常美。可是，六月四日的屠殺發生，香港的氣氛馬上變得凶險，這是他們在心裡受傷的緣故。」

殖民地是很不公平的社會體制，一定會傷害被統治民族的感情和自尊。被它吸引的，果然是從小在感情上受父母折磨的女孩靈魂。羽仁未央能夠理解香港人的感情邏輯，甚至認同它。

她建立「大頭貓製作有限公司」，開始拍攝關於香港的紀錄片，每個月在日本朝日電視臺的「新聞站」（News Station）節目裡播送。未央說：「『六四』以後的香港，長時間裡都自暴自棄；在電影圈，三級片很流行，然後是人肉這個，人肉那個，都是社會風氣暴躁所致；有一次採訪黑社會學生，小的才十一、十二歲而已，但很有緊迫感，說要趕緊『出位』、賺錢；為什麼？不是九七快來了嗎？他們的父母都要趕緊賺錢，逃之夭夭。」

我訪問未央的時候，她在香港已經待了八年。她說：「我對香港的缺點也很清楚，英國人的統治手法很高明，沒讓香港人學到一些重要的事情，例如法治、人權、民主；我愛上了香港，我認為我屬於香港，所以即使看到它的缺點，我也不會離開它。」

刊登在《九十年代》月刊一九九四年十月號的訪問，題為〈我愛的不是一個人，而是一個城市——一個嫁給香港的日本女子：羽仁未央〉。那篇文章引起的反響很不小，許多當地文化界人士要我約她出來一起吃飯。她也給我介紹了一些朋友。後來，一九九七年七月我離開香港之前，跟她斷斷續續有來往。

在那斷斷續續的來往中，她偶爾講到親生母親左幸子。未央說，她很害怕親媽，因為親媽的支配慾特別強，可是不知為何，跟她要好的男人經常表現出類似的支配慾。我自己跟母親之間也有問題，但人家畢竟是名人母親和名人女兒，到底能不能拉來跟我們家凡人母親和凡人女兒的關係比較呢？再說，她周圍人都指出：未央和爸爸羽仁進的關係，密切到與眾不同，簡直跟情人一般。既然如此，旁人還能說什麼？

有一次，未央帶攝影組來位於港島北角的我家做訪問，那段錄影後來在日本電視上播送。還有一次，她來電問我能不能代替她去澳門一趟，訪問賭王何鴻燊；因為我的廣東話不好，只好謝絕了。她的身邊總是有日本攝影師本田，也有過歐洲籍男祕書。記得她有一次包租了一家法國餐館，請好幾個當地、日本、外國朋友吃了一頓包括鵝肝醬在內的套餐，不敢想像總共花了多少錢。記得香港作家也斯那天也在座，給未央主辦的活動取了「豬食會社」的名稱。還有一對法日夫婦，據說先生原來任職於駐東京法國大使館，替孩子們請了個會說法語的日本保母，後來休妻而娶了她。那位法國先生重複地告訴我，他的工作是洗錢。原來，他是在海關工作的。

其實，就是未央當初把我介紹給今天大名鼎鼎的美術評論家兼美食家劉健威，在灣仔的老字號雙喜樓一起吃飯，然後一塊兒去位於蘭桂坊的六四吧。我不是在那裡認識了各種香港人的嗎？例如，當年頭髮還真長的民主運動家「長毛」阿雄，還有年輕時常到東京工地打工賺錢的爵士樂吉他手？以及寫專欄的六四吧媽媽桑葛蕾絲？未央在香港待的時間比我長，她在當地有很多朋友。至於日本，未央有一次講到：「曾在東京參加過『天行人』活動，是深夜爬上首都高速公路，把護欄當作平衡木，像馬戲團的小丑一般放開雙手行走的。」若是小說中或者電影裡的一段，還能說是有趣的場面，可若是事實，對於一群找死的孩子們，不能不覺得心疼。

那是什麼時候？未央說要跟一個日本人結婚了，因為打算生孩子，所以雙雙去接受健康檢查。那是什麼時候？未央說，懷孕了，要生兒子了，但怕受不了疼痛，所以一定要選擇無痛分娩。那是什麼時候？未央說，小寶寶出生了，長大以後，不會送他去學校。記憶很清楚。但我似乎沒見過她丈夫也沒見過她兒子。

我們之間，並沒有鬧翻。只是，在那段時間裡，大家在公私兩方面都發生了很多很多事情。畢竟，英國殖民地香港正處於最後一段日子裡，人心難免慌張。尤其，一九九六年秋天發生的保釣運動，對在港日本人的影響不小。我因為在當地多份報紙上寫專欄，不小心成了眾矢之的，只好暫時去澳門避難。個別的香港朋友來電安慰我，也有些人趁機攻擊我。更多人被情勢之嚴重嚇壞，暫時與我保持距離，先要保住自身的安全。

一九九七年七月，香港回歸中國，兩個星期後，我搬回東京去。有一次，我家附近的公民館舉行了羽仁未央演講會。我把電話號碼託給主辦單位，可是她沒有來電。然後，很多很多年過去。二〇一四年十一月，我在日本報紙上看到了未央的死訊：散文家，媒體製作人羽仁未央在東京一家醫院因肝硬化去世，享年五十歲；父親是電影導演羽仁進，母親是演員左幸子，祖父是歷史家羽仁五郎，曾祖母是自由學園創始人羽仁元子。生在名門家庭多辛苦，連死訊裡，關於家人的信息多於關於自己的。我趕緊上網查資訊，看到她最後幾年的照片，都是瘦到極點的，顯然病得厲害。

二〇一五年七月，我去香港書展演講，當地日本朋友富柏村為我訂了劉健威和兒子開的餐館。老劉見到我就說：都十八年了，一二三回來，未央走了，也斯也走了。後來看他在香港《信報》上開的專欄「此時此刻」裡寫的追悼文〈Mio，再見！〉，未料引用我多年前跟老劉說過的一句話：我什麼都批評，好像很悲觀，Mio什麼人和事都肯定，好像很樂觀，但我總覺得，她比我更悲觀。我不記得自己說過那麼一句話，但既然是老劉記得的，肯定是我說過的吧。老劉寫的〈Mio，再見！〉是對羽仁未央最誠懇、最溫暖的一篇追悼文。我很高興，香港有人對未央，對一個漂流的日本女子，那麼接受，那麼同情，那麼愛護。

富柏村說：「未央結婚以後，跟夫婿去新加坡開網路服務公司。但是，她丈夫很快就去世了。未央一個人帶不了孩子，只好託菲律賓籍保母把他帶到菲律賓去養大。未央一個人在新加坡、香港、日本三地之間奔波，可是事業狀況不很順利。她酒喝得越來越多，醉得越來越不像樣。」劉健威也寫：香港朋友聞訊，只有唏噓，這幾年看她一步一步走上絕路，卻不能幫上什麼。

她兒子呢？富柏村說：「在菲律賓長大了，不會說日語，未央走了之後，她家人找未央生前的朋友們打聽，有誰能照顧這孤兒，羽仁家願意資助。」據報導，二〇〇一年，母親左幸子去世，未央都沒有參加葬禮。父親羽仁進八十多歲高齡，據說在養老院。那麼複雜的一個家庭，那麼複雜的一個人，我不敢說理解她。但是，母親與祖國之於她，難道只是痛苦、懼怕、憎恨的來源嗎？

這次為寫這篇文章，我通過日本亞馬遜訂購了一九八九年三月出版的一本書，羽仁未央著作《香港在馬路上》。這書名，作為日文語法上有問題，可是我估計，她的意思該是：on the road。正如她自己，殖民地香港一直沒有真正的歸屬，所以只好不停地行走。她曾經那麼熱愛香港，因為這粒東方之珠，好比是父母親離過婚的孩子，感情上受過傷，受不了爭吵，正如她自己。劉健威寫：從來沒聽過她說別人的不是，未央是用微笑來拒絕這世界。

我僅以此文紀念一代奇女羽仁未央。合掌。

鹿港來的中文老師

沒想到，十八歲被父親帶去中國的楊老師，約三十年後，這次跟日本籍母親，帶著中國籍的太太和獨生子，回到日本。並且任教於父親的母校早稻田大學。

長期從事媒體工作以後，我四十三歲開始在大學教書。早年沒想到自己將會做教師，後來當上了母親，帶過孩子，對自己的看法也有所改變，覺得教教書也沒什麼不可以。要教的是中文，應該做得到，只是沒有經驗，自信不足。那時候看到身兼法國思想史專家和武術家的內田樹著作。他寫道：為了當教師，唯一的條件是自己也曾有過老師。

於是在開學之前，我要去找老師打招呼了。我的中文老師是誰？就是十九歲上早稻田大學政治經濟學系的時候，幫我啟蒙的藤堂明保先生和楊為夫先生。藤堂老師是日本首屈一指的音韻學家，有段時間也常上電視，加上出身於伊賀上野的諸侯藤堂家，可以說是相當有名的一個人。他對我的影響很大，可惜不到七十歲就去世，我成為他晚年的弟子之一。

那麼去找楊為夫老師好了。我學會發捲舌音，全歸功於老師的斯巴達式嚴格教學。當年，我不僅在早稻田大學，而且在日中學院夜間部都上過他的課，有幾次還跟其他老師、學生一起去喝過酒。他也來參加了我的婚禮，算很熟的，只因為過去幾年我太忙於帶孩子，沒時間去拜訪。於是趕緊打電話，約在早大的研究室見面。我從本科畢業以後，很少去過早大校園了。好多年沒來，政治經濟學系的教學樓、研究樓，還跟二十多年前一個樣。楊為夫研究室的位置，也跟我記憶中一樣。

未料，我敲門後打開，看到的是大桌子上堆得高高的書、書、書。

「好久不見了，楊老師。您一點都沒變，頭髮還是黑油油的。這些書是怎麼回事？要搬研究室了嗎？」

「不是啊。我過幾天就要退休，這些書都要帶回家的。」

「怎麼？老師您要退休了？」

「是啊。七十歲了嘛，不想退也得退。」

楊老師帶我去能看到大隅庭園的教職員餐廳。我畢業以後，大學方面跟企業合作，在校園邊上蓋了棟高層酒店，一樓就有對外不開放的教職員餐廳，氣氛滿好。老師一坐下來點好菜，就開始講話了。他似乎早就決定要告訴我什麼的樣子，該因為知道我的孩子們還小，時間不多，所以在最短的時間內，要交代我一些事情。

「前些時，我們系裡的幾個老師，帶領一班學生到臺灣師範大學進修去了。因為我拿的是中國護照，一直以來都不敢去臺灣。這次，為了工作批下來了簽證。當進修結束以後，別人都要去觀光。我一個人離開了團，託人買了張火車票，去了一趟中部的鹿港，是我父親的故鄉。」

「楊老師，您不是北京人嗎？」

「北京是後來才去的。我父親生長在臺灣鹿港，日治時期來早稻田大學讀書，相親娶了我母親，是個日本人。後來，他任教於京都同志社大學，教中文。我就是一九三五年出生在京都，讀同志社附小、附中的。畢業以後，一九五三年，父親決定舉家去中國，我們在北京安頓下來。當年，中國總理周恩來向海外華僑呼籲回國，要為社會主義祖國的建設做出貢獻。我父親算是回應了。母親是賢慧的日本女人，乖乖地跟著老公，帶我們五個孩子上了船。」

「原來，您是半個臺灣人，半個日本人。那麼，小時候講什麼話呢？」

「當然是日語了，而且是京都腔的。中文是到了北京以後上華僑補習學校才學到的。那可以說是我這輩子最認真學習的時候了。還行，經過一年苦學，考上了北京外國語學院俄語系，畢業後分配到北京第二外語學院教了多年的日語。現在的駐日本中國大使（後來的外交部長）王毅是我當時的學生。」

「太巧了。我比楊老師晚三十年，第一次去北京就讀的是位於阜成門外的華僑補習學校，兩年後正式留學的又是『北外』。」

「華僑補校的旁邊，後來有釣魚臺賓館了吧？我念補校的時候，還什麼都沒有，正在做土木工程的。言歸正傳吧。我還住在京都的孩提時候，被父親帶去過臺灣鹿港的老家。所以，這次好不容易去成了臺灣，無論怎樣，都想去那裡走走。鹿港妳知道吧？是座古老的港口城鎮。我記得父親的老家在海邊，是一棟很大的房子，我在最裡頭的小屋子，跟親戚家的女孩子一起玩耍，她年紀應該跟我差不多。整整六十年過去了，可是鹿港的行政區劃好像沒有改變。我果然找到了那棟老房子。」

「您找到老家的房子了？」

「不僅如此呢。當我站在那裡正深受感動的時候，竟有人用日語叫了我的名字：ためお！ためお！妳猜是誰？就是那個親戚家的女孩子，當然，都六十年過去了，現在是老太太了。可是她還真認得出我來，而且用日語叫我的名字呢，因為當年我們就是用日語交談的。」

我聽了目瞪口呆，世上竟有這樣巧的事！我很高興也很榮幸楊老師給我講了這麼珍貴的經驗。鹿港，我曾去過一次，是原先在《新新聞》雜誌當編輯的美娜，帶我回彰化老家過年，有一天開車去霧社的路上停下來的地方。記得我們走過到處擺著烏魚子賣的小路，到古老的天后宮拜拜。然後，在小巷裡的禮物店，美娜買了兩個相同的皮革製大象形筆筒說：妳一個我一個，以後咱倆住在不同的地方，可以看這個筆筒想起彼此來。二十年後的今天，那個筆筒還在我的書桌上，還真會這樣想起她的笑容來。

我去早大拜訪楊老師是二〇〇五年三月的事情。過了一個多月，我又一次跟老師以及一名學弟一起吃飯。地點是東京阿佐谷的東方園中餐館，是學弟決定的，我那天是第一次去。未料，北京來的老闆娘董韻女士的父親是臺灣屏東出身的音樂家，母親則是日本籍的舞蹈老師，兩人在今天的中國東北，也就是當年的滿洲國成的家；果然全家經歷了戰爭和革命以及一切政治風暴。父親去世以後，一九八〇年代母親帶全家人回到日本。她跟楊老師的經歷相似到出奇的地步。果然，兩位在北京時代的共同朋友也不少。其中就有陳真女士，乃岩波書店出版《陳真：戰爭與和平的旅程》一書的主人翁。

陳真女士曾在NHK電視臺的中文講座當過講師，以優雅的日文和北京話迷住了日本觀眾。實際上，陳真女士的父親陳文彬先生是臺灣高雄出身的語言學者，第二次世界大戰以前，來日本留學，畢業後執教，並且成家生了兩個女兒。戰後，陳文彬先生應邀回美麗島當臺大教授。可是在二二八事件中受牽連，被警備總司令部逮捕。好不容易全家經過香港逃去大陸。可是在紅色風暴中的中國，臺灣人的遭遇一般都很慘，陳家父女也不例外。身兼作家的精神科醫生野田正彰寫的《陳真：戰爭與和平的旅程》，充滿了對陳真女士的尊敬和同情。該書問世於二〇〇四年十二月十七日；半個月後的二〇〇五年一月四日，陳真女士在北京去世。那本書一問世我就買來看了。文中，印象最深刻的是，當野田醫生去北京研究之際，陳真老師就給他做純日式紫菜卷壽司吃。

經歷了日本統治的臺灣人，戰後選擇中華人民共和國為祖國，結果在反右鬥爭、文化大革命等一串的政治運動中，以漢奸、特務、傀儡、反革命等罪名被殘酷打倒的歷史，在日本甚少有人知道。實際上，日本和中國剛正式建交的一九八〇年代，這些人當中，有日本血統和身分的一部分人又悄悄回到日本來，也往往在大學教中文。我後來也認識了其中幾位。沒想到，十八歲被父親帶去中國的楊老師，約三十年後，這次跟日本籍母親，帶著中國籍的太太和獨生子，回到日本。並且任教於父親的母校早稻田大學。

他們的臺灣籍家人則得留在中國，直到瞑目的一天。屏東出身的董韻女士父親董清財先生是其中之一；他創作了很多懷念故鄉臺灣的歌曲。鹿港出身的楊老師父親也是其中之一。陳真女士（一九三一—二〇〇五）是其中之一。曾在一九三六年的柏林奧運會文藝競賽獲得獎賞的臺灣籍作曲家江文也（一九一〇—一九八三）也是其中之一。畢業於北京中央音樂學院鋼琴系的董韻說：江文也在中國的女兒是她音樂學院的同學，對江伯伯的印象卻是被打倒，被迫做清潔的。在二〇〇四年的侯孝賢電影《珈琲時光》裡，臺日混血歌手一青窈飾演的女主角訪問了現實中的江文也遺孀。

臺日中的三角地帶，對有些人是陷阱，對別人倒是機會。二〇〇六年出版的本田善彥著作《日中臺：看不見的羈絆——中國首腦口譯官看見的外交祕錄》（臺譯《臺灣人的牽絆：搖擺在臺灣、大陸與日本間的「三顆心」》二〇一五，聯經出版公司）則披露，跟楊為夫老師一樣從日本坐船回去那不曾看見的祖國的臺灣籍子女中，有人當上了周恩來等中國領導人的翻譯，在中臺日之間的外交角力中起了作用。

關於董清財先生，我後來寫了一篇散文〈傾聽一首鄉愁的聲音〉，收錄於《臺灣為何教我哭？》一書裡，也在採訪的路上去屏東車城的董家墳墓，給董清財伉儷上香。恰巧，他故鄉是教我哭了很多次的臺灣電影《海角七號》的背景。

後來回想，我開始教中文的二〇〇五年春天，在北京颳沙塵暴的日子裡發生的反日示威，成了戰後日中關係的轉折點。從此兩國關係一路走下坡，對於董韻夫婦做出關掉東方園的決定，也多多少少有了影響。雖然外交關係惡化的背景並不單純，可是其中一個不可忽視的因素是：像陳真女士那樣，對日本、中國以及臺灣都有深刻理解和情感的一代人，一個接一個地離開人間。

那麼，我得更加珍惜楊為夫老師給我分享的鹿港回憶了：小時候被父親帶著回去的老家，後來由於政治原因長年回不去了；可是過了六十年重訪的時候，不僅找到老家房子，而且見到了兒時夥伴，還用跟當年一樣的稱呼叫住他：ためお。那是父母給他取的日本名字，相信到了中國以後，不再有人喊了。我們學生都一直以為老師的名字是中文的Yáng Wéifū，沒想到本來是該用日本讀音發的。只有兒時夥伴，過了多少年都用著跟當年一樣的稱呼。我覺得，那簡直像電影中的一個場景。衷心感謝老師的分享，我一輩子都不會忘記。

世界真小

英文說：It's a small world! 翻成中文便是：世界真小，天涯若比鄰。

我住在香港的時候，有一次，接下NHK電視臺的工作，去紐約唐人街拍部紀錄片，主要是當中日英三種語言之間的翻譯。放了假，我就給住在紐約的長輩作家張北海先生打電話，由他當導遊參觀了東村、格林威治村藝術區，感覺好奢侈。

回到了香港，有一次，張先生去中國的路上過港，來電約我一同去他姪女家開的派對。到了場地才得知，那姪女就是明星兼導演的才女張艾嘉，果然也是很會持家的。張先生告訴我說，她是已故哥哥的女兒，哥哥則是給蔣介石夫人宋美齡當飛行員的。我覺得好比走進了一部電影似的。張先生也說他父親是我在早稻田大學政治經濟學系的老學長，乃參與革命失敗以後算是政治避難去了日本。我問他是哪場革命？張先生告訴我說是辛亥革命。

後來，很長時間，我都沒有機會再見到張北海先生。主要是我回日本、結婚、前後生育了兩個孩子，過於忙碌所致。未料，我供稿的北京《萬象》雜誌，開始刊登他老人家寫的文章了。總編輯王瑞智來電郵說：張北海要來北京吃烤全羊，妳也來一下吧：吃一頭羊至少需要四個人呢，叫了張北海和阿城，就是缺了妳。我確實喜歡吃羊肉，知道北京的羊肉特好吃，我也想見兩位久違的長輩作家；可是我去北京吃羊肉，誰替我在東京照顧兩小孩？問老公吧，他一定會說自己也想去北京吃羊肉。於是我回答說：很可惜，就是去不成。王瑞智還說：機票不貴呢，吝嗇什麼？

說到難忘的羊肉，我覺得首屈一指的是，在馬祖北竿島警察局分駐所吃的羊肉鍋。那是一九九六年春天，歷史上第一次的臺灣總統直選前夕。兩天後就要投票了，中共方面不悅地在臺灣海峽進行大規模的軍事演習，還發射導彈，金馬居民都避難去了臺灣。各國記者則紛紛到臺灣要目擊歷史性時刻。當時主管《亞洲週刊》臺灣版的謝忠良問我要不要替他們去前線看看？我說好啊，他就馬上開車把我送到松山機場去了。飛往馬祖的飛機，小得跟巴士差不多，加上幾乎沒有乘客，駕駛員一邊開飛機一邊跟我聊天，還不時回頭對我笑。說放鬆是真放鬆，卻叫我稍微擔心安全問題。

到了北竿島，真是走光了人。除了穿著迷彩軍裝的阿兵哥以外，幾乎看不到居民，更不用說遊客，畢竟連記者都差不多撤退了。旅館是有的，可找不到飯館。正當我在馬路上來回走的時候，從分駐所出來的一名警察問我：怎麼著？我順便反問他：哪裡可以吃飯？未料，他用手勢叫我到分駐所裡面。那裡有四、五個男女警察正圍著火爐吃飯。他們說：一起吃吧。那晚的主菜就是羊肉鍋。一邊吃著羊肉一邊聽警察們說話，我注意到了，他們說話跟普通臺灣人不一樣。他們說：是啊，我們說的是福州話，你知道這裡不是臺灣省吧？是福建省連江縣呢。

福建省連江縣？唉唷，這世界真太小了。我在一年前就去過中國福建省連江縣。原來，我去紐約唐人街，替NHK拍的紀錄片是有關所謂的「人蛇」，即從中國偷渡去國外的非法移民的。在紐約移民局拘留所，我訪問了連江縣出身的一個人；他乘坐的輪船「黃金冒險號」抵達美國之前觸礁，當別人游泳、跑步逃走之際，因為一條腿殘疾，遭美國官方逮捕。那個人告訴我他在福建的地址。所以，電視臺的工作結束以後，我就單獨從香港飛往福州，然後坐車去位於農村的那位偷渡客家裡，見到了他父母、太太、弟弟。那可是非常奇怪的地方。雖說是農村，很多房子是四層樓、五層樓高的水泥大廈，都是居住海外的家人寄錢過來蓋的，卻幾乎沒有人居住，因為除了老人和小孩以外，大多男人都偷渡去國外打工。因而有了「寡婦村」的別名。留下來的媳婦們則為打發時間，叫城裡的小白臉過來一起打麻將。

當時就聽說，大海前方就有馬祖，乃屬於臺灣。可當時，海峽兩岸之間，還沒有開放三通。所以，從大陸福建要去臺灣管制下的馬祖，非得通過香港和臺灣。沒想到，我無意之間繞了遠路，從香港去臺灣，又搭乘像巴士一樣小的飛機，抵達馬祖北竿島，跟講福州話的當地警察們一起嚐了羊肉鍋！

跨越國境的緣分

今生認識的一些人，只能說有緣分吧。所以，我特地囑咐富柏村：如果我先走，你別忘記替我寫篇追悼文。他馬上回話說：那才是我要說的。

我剛大學畢業，做了記者，被《朝日新聞》派去仙臺跑社會新聞的時候，當地有個搖滾樂團叫「阿Q」。仙臺是魯迅早年留學讀醫的地方。但是，日本搖滾分子怎麼會想到借魯迅小說主人翁的名字來當樂團名稱？前往採訪才得知，其實不是樂手們，而是他們的經紀人取了與眾不同的樂團名稱。那個人一手發行的樂團宣傳單，還叫做《大公報》的，不知是哪裡來的中國情結？

仙臺附近有個溫泉區叫秋保溫泉，而「秋保」兩個字的當地讀音就跟「阿Q」一樣。位於河邊的露天溫泉很好，再加上「阿Q溫泉」的名稱太有意思了。我去過幾次，很欣賞，可是沒幾個月我就辭職，遠走高飛去了加拿大。

我到了加拿大，開始的幾年經歷一場人生風暴。過了三年以後，生活才漸漸穩定下來，重新執筆寫文章發表。用中文寫的文章，郵寄到香港登在當地發行的月刊雜誌上。有一天，我收到編輯部轉來的航空信件，打開信封很驚訝地發現，寄信人居然是仙臺「阿Q」樂團的那位經紀人。他寫到「阿Q」解散以後，一度去東京唱片公司上班，可是為了追求理想，決定搬去香港了。

我當時萬萬沒有想到的是，他這一去就是一輩子；至少到目前為止，已住了四分之一世紀了。在英國殖民地即將回歸中國的前三年多時間裡，我也住在香港，跟他有來往。他能寫一手好文章，我在仙臺看《大公報》就知道了。可是，他娶了一位很務實、很聰明的日本太太，並聽進她的意見：一方面上班確保生活費，另一方面利用業餘時間去發揮創作能力。當初，他替當地的日文週刊、月刊寫文章，進入網路時代後，就開設網站「富柏村香港日剩」。這個名稱顯然取自著名的耽美派小說家永井荷風從一九一七年起寫到一九五九年去世前一天的《斷腸亭日乘》。荷風的日記後來全部公開，被視為二十世紀日本社會最真實的紀錄，常被學者、記者引用。富柏村住在香港，日剩寫的內容，一半關於香港，一半關於日本。

香港回歸後我也回歸日本，之後的十多年都沒有機會重訪舊地。二〇一五年，應香港貿易發展局之邀，相隔十八年回去，在書展上做了個小演講。晚上約富柏村夫婦和當地另一名日本朋友一起吃飯，他訂的是劉健威如今跟兒子經營的灣仔「留家廚房」。我是經已故的羽仁未央認識劉健威的。當年他是個半失業的美術評論家，由教師太太養家；如今人家卻是人氣餐廳老闆兼有地位的時事評論員了，在《信報》上開的專欄「此時此刻」還真不錯。富柏村知道我在東京住國立後說：他離開仙臺，在東京唱片公司上班的時候，就住在國立，然後搬來香港的。

今生認識的一些人，只能說有緣分吧，無論到哪裡都會碰上。所以，我特地囑咐富柏村：如果我先走，你別忘記替我寫篇追悼文。他馬上回話說：那才是我自己要說的。

全世界最乾淨的華人城市

新加坡，我是一九九六年住在香港的日子裡去過一次而已。當年已經是座很發達的大城市了，雖然過了二十年，估計變化不會太大吧？結果呢，大錯特錯。

二〇一六年四月，我應新加坡教育部母語司推廣華文學習委員會的邀請，赴獅城參加世界書香日暨新加坡文學四月天開幕典禮以及有關活動。那是早一年，在香港書展的演講廳認識的新加坡記者張曦娜為我結上的緣分。

說到二〇一五年的香港書展，那可是一次很奇怪的經驗：從頭到尾我都沒見到邀請人。香港是我最早當上中文專欄作家的地方，後來卻遇上保釣風暴，緣分斷絕了將近二十年。於是接到駐香港日本總領事館轉來的演講邀請，我還以為和解的時刻終於到了，非得抽空去重訪舊地不可。

然而，香港特別行政區政府貿易發展局日本辦事處來的年輕人不僅不知道我是誰，而且不知道香港有誰要邀請我。演講日程決定了，飛機和酒店訂好了，偏偏缺人跟我討論演講事宜。記得那個年輕人重複地說，他們一般做「B to B」比較多，這次倒是「B to C」，算是特殊的例子了。我聽了不以為然。「B to B」應該是「business to business」，「B to C」則是「business to consumers」的意思吧？難道人家以為作家是商人，要幫我聯繫上香港消費者嗎？但書是出版社和書店賣的呀。

長話短說，到了香港，我驚訝地發現，除了在小會議廳九十分鐘的演講以外，他們居然沒為我安排任何活動。百分之百出乎意料，我好不容易去了一趟香港，除了百來個聽眾和三、四個記者以外，沒見著任何人，竟連一場飯局都沒有，而且最後都沒有收到一分錢的酬金。到底是給哪裡的狐狸迷住的？

還好，世上沒有白插的隊。演講結束後，新加坡《聯合早報》的資深文化記者張曦娜對我進行一次專訪，日後寫成了一篇好文章。她功課做得非常好，我之前出過的書，很多都看過的樣子。之後她跟新加坡教育部推廣華文學習委員會聯繫，正式邀請我去當二〇一六年世界書香日暨新加坡文學四月天開幕典禮的主講嘉賓。不必說，有簽了名的邀請函心裡就踏實多了。

新加坡，我是一九九六年住在香港的日子裡去過一次而已。當年已經是座很發達的大城市了，雖然過了二十年，估計變化不會太大吧？結果呢，大錯特錯。乍一看，全新加坡約三分之一的建築在過去二十年裡翻新了。街上連一點垃圾都看不到，這兒絕對是全世界最乾淨的華人城市了，甚至比日本還要乾淨呢。高高的大樓叫我覺得簡直來到了未來城市一般。馬路兩邊種著不落葉的熱帶樹，不僅美麗而且發揮降溫作用，真好，真聰明。果然，眾新加坡人異口同聲地告訴我說：那是新加坡國父李光耀先生當初出的好主意。這兒是由他一手設計的南洋華人城市國家。

四月二十一日傍晚，在機場接我的兩位女性陸女士和高女士，一個來自政府教育部，一個來自國家圖書館。之前一直通過電郵跟我聯絡的委員會祕書陳先生，聽說身體不適，不僅當天沒有出現，而且我在新加坡的五天裡都沒有出現。

兩位女士本來打算直接帶我去機場裡的餐廳吃晚飯，但我匆匆告訴她們，臺灣大田出版社的總編輯培園該早已到了酒店等我。於是改變計畫，我們四個到酒店附近的星悅匯商場裡的美食街吃飯去了。我說想嚐嚐當地菜，無意間導致了陸女士在幾個攤子之間來回跑，幫我們送來四人份飯菜，包括叻沙、海南雞飯、泰國湯麵以及茶葉蛋。多不好意思！聽說陸女士家裡有兩個中學年齡的孩子，他們的晚飯呢？她說，有傭人做家事。啊，就像影片《爸媽不在家》。

新加坡位於東南亞，居民以華人為主，結果當地風味兼有東南亞菜和中菜的特點。我覺得樣樣都很好吃，而且環境也乾淨舒適。只是，用完的餐具是大個子黑皮膚的南亞工人來收拾的，叫我稍微緊張。新加坡的外勞非常多，建築工人的八成、服務員的五成都是來自亞洲各國的外勞。

酒店房間乾淨無瑕，對面不遠處就有捷運站。聽培園說，從機場坐四十分鐘的捷運就到了。機場在新加坡東端，酒店則在中西部。星洲地方不大，交通方便。後來聽當地人說，在新加坡開一個小時的車子就能繞個圈兒，也就是環島一番了。

從窗戶望出去，左手邊有吃晚飯去的星悅匯，特大而且形狀特殊。高女士說，上面有能容納五千人的大禮堂，是她所屬的基督教會建設，平時租出去的。我在其他地方沒聽說過這種事。右手邊的大樓裡有這次活動的主辦單位新加坡教育部。周遭都是辦公大樓和植物園般乾淨的熱帶樹林，幾乎沒有庶民生活的氣味。但庶民不是沒有的。剛才吃飯的時候我看到，星悅匯的戶外廣場噴水池邊，就有二十來個女性，在地面上鋪著小地毯，隨著師傅在練瑜伽。新加坡位於北緯一度，差不多在赤道上，氣溫夠高了，晚上都有三十度。她們住久了不怕熱？還是故意要在熱氣裡練功？我後來得知，星悅匯是全新加坡第一個採用自然通風換氣的購物中心。也許在噴水池邊就感覺得到風吹。

推廣華文教育

有個中學華文老師說：「學生們努力學華文的目的不外是通過考試，然後再也不必學華文。」果然，越強迫越遭抗拒。人家很無奈地問我：妳哪兒來的對中文之熱愛？答案：沒人強迫我。

四月二十二日。今天有兩場大專院校文藝講座。上午去義安理工學院，乃以《爸媽不在家》在坎城獲得金攝影機獎的陳哲藝導演之母校。

演講主題是：當日本人學起中文來。聽眾以女學生為主，而且是年紀輕輕的十七、八歲在富有的社會裡長大的一代，顯然認為上大學是自己的權利甚至是義務，沒有珍惜機會的態度；其實她們給人的印象跟我平時接觸的日本大學生差不多。老師隊伍裡有好幾位臺灣人。

新加坡國家小，缺了什麼人才，就從國外請來。

九十分鐘的講座結束後，由教育部王博士開車，並由已退休的黃老師陪伴，到唐人街牛車水唐城坊商場裡的松發餐廳去嚐嚐另一種當地風味的肉骨茶。據兩位說，這原來是攤販賣給苦力吃的食物。喝著豬排骨熬出來的清湯，沾著黑醬油嚼嚼排骨肉，吃下香噴噴的泰國米，最後喝小小杯的工夫茶。這是我第一次吃到肉骨茶，既單純又好吃，尤其是胡椒味的湯水甚佳。另外叫的小菜如豬腳、燙青菜亦可口。我開始認為新加坡實在是美食天堂。

下午在酒店休息兩個鐘頭，傍晚再出發，往第二場文學講座的場地新躍大學去。這所大學就在上午去的義安理工學院隔壁，其實中間連隔開的牆壁都沒有。在圖書館門口，中年的羅博士和年邁的區博士，兩位高個兒先生迎接我們。羅博士是山東人，從創辦時期一直在新躍大學已經十多年了。區博士則是已退休的原外交官，曾於一九七〇年代在東京六本木的新加坡大使館工作過幾年。我們先到義安理工學院的餐廳用餐，吃的是南洋便飯加上中式炒菜，都很好吃。我點了一盤檸檬魚飯。唯一掃興的是烏龍茶：個人茶杯裡是放著茶包的。肚子飽了，去圖書館樓上的教室準備演講。

晚上的演講主題是：中文是我的世界之門。我本來要說是哆啦A夢的任意門，因怕不合適，才改稱「世界之門」的。聽眾的平均年齡比上午高很多，其中有他們大學的畢業生、其他學校的老師、當地作家等。果然，對我演講的反應也強烈得多，叫人講得挺開心。他們都很好奇，一個日本人怎麼會當上中文作家。等我講完之後，羅博士對聽眾說：聽一個外國人對中文這麼熱愛，各位感受如何？我們身為華人，有沒有像她那樣熱愛過自己的母語？

我慢慢開始明白，這次他們舉辦各項活動、邀請我來的目的，就是要在新加坡國民之間進一步推廣華文教育。

外國人都知道新加坡的英語教育在全亞洲最成功。但是，外國人不知道，同時在新加坡，華文教育倒成了大難題。年輕一代新加坡人覺得會英語就夠了，要學華文是多餘的負擔。但政府推行雙語政策，要求每一個新加坡人都學習英語和母語兩種語言，否則中學畢業考試無法通過。如果華文真的是他們的母語，也許問題不是那麼複雜。然而，總人口中占七成的華人，本來在家裡講的是福建話、潮州話、廣東話、客家話、海南話等不同的華南方言。新加坡政府是為了拆掉不同族群之間的隔牆，也為了加強對國家的認同，自一九七九年起，推行華文即中文普通話的。結果遇到了廣大國民的抗拒。一來，大家對自己的方言有感情，捨不得。二來，華語對很多小朋友來說，實際上是外語，要學兩種外語的負擔實在太大了。至今推行了三十年華文教育的結果，華文仍處於冷門，其社會地位一貫比不上英文。

叫人很尷尬的是，政府也不是一貫推行華文教育的。年紀大一點的新加坡人還記得，華文書寫曾經受了何等壓迫。為了推廣華夏文化而由民間捐款成立的南洋大學，就是在一九八〇年被英文新加坡大學合併而消失的。有個當地詩人說，他在一九八〇年代當兵的時候，軍隊裡不允許講華語，而在每個士兵胸前的別針標誌著方言種類，例如福建兵都別著橙色的針等。新加坡剛剛獨立不久的年頭，世界還處於冷戰時代，新興小國家要在並不友好的鄰國之間爭取生存，非得跟共產黨統治的中國劃清界線不可，乃不允許在軍隊裡用華語的原因之一。再說，為了樹立國家認同，容納馬來裔、印度裔國民頗為重要，眾華人講起共同的華語來，會有排斥異族之嫌。加上，當年在新加坡社會有兩種華人：以李光耀為首講英文的海峽華人和講方言讀寫中文的華人。前者當家的政府把英文定為工作語言，也禁止後者講方言。等時代環境發生變化，即中國改革開放並推行市場經濟，又要求大夥兒去學好華文，連乖巧的新加坡人都會不服氣的。

有個中學華文老師說：「學生們努力學華文的目的不外是通過考試，然後再也不必學華文。」果然，越強迫越遭抗拒。人家很無奈地問我：「妳哪兒來的對中文之熱愛？」（答案：沒人強迫我。）

回酒店房間打開電視機。新加坡的三個電視臺都屬於政府所有。看著華文節目，我始終搞不清楚到底是哪裡做的節目？不像是中國的，也不像是臺灣的，應該是新加坡的吧？應該是。然而，看著看著，我連一個「新加坡製造」的標誌都找不到。是眾父親帶著各自的小朋友去滑雪的，一種帶有綜藝性質的紀錄片。每對父子、父女都有東方人的面孔。大家說的華語都沒有口音，但有可能是配音的。我看不會是日本人，也許是韓國人吧？還是新加坡人呢？地方標誌就是地方文化。除去了地方文化的華語節目，該是新加坡的。

世界書香日

這次的題目是：我和中文談戀愛。聽眾有中學生、他們的老師、愛閱讀的社會人士、當地作家等。大家的反應滿不錯。新加坡人的國民性格，好像是謹慎的開朗。

四月二十三日。我剛剛得知，今天是聯合國制定的世界書香日。新加坡政府教育部，自從幾年前起，開始把世界書香日活動和當地的文學四月天活動連起來舉辦。吃完了早飯，就坐教育部派來的年輕人小黃開的車，去華僑中學禮堂。聽說，華僑中學和南洋女中是當地男校和女校中的名門，正如臺北的建國中學和北一女一樣，而且才子蔡瀾的姊姊當了好多年的南洋女中校長。

今天上下午都在華僑中學禮堂有活動。除了華中、南女的師生以外，有好多所中學的老師帶一批學生來聽演講。不同學校的學生穿著不同顏色款式的制服，光看著都滿有趣，就是大多為白色或天藍色的，沒有北一女般的小綠綠。上午有兩個當地作家演講。中午休息以後，我和一位美國籍文學翻譯者各自演講。最後大家一起上臺要應答聽眾提出的問題。禮堂周圍有書店擺的攤子賣著各演講者的書。我自己的書，也有繁體版和簡體版，總共十幾種。

禮堂裡好冷，大概不到二十度。怎麼冷氣調得這麼冷？我怕冷，在本來穿的連衣裙和薄上衣上面，又穿上了一層禦寒毛衣；在強烈的冷氣攻擊之下，顧不得好看不好看了。林高先生是資深的男性作家，林容嬋女士則是還在美國哥倫比亞大學念博士的年輕作家。林高先生談到自己的作品，是描寫故鄉靜山村的。今天的新加坡是未來城市，但是他長大的年代，多數人還過著鄉村生活。在現實中早已消失的東西，用文字記錄下來，化為大家共同的回憶，是文學的功能之一吧。一個人若沒有記憶，就沒有人格。一座城市若沒有記憶，就沒有歷史。未料，接著上臺的林容嬋女士也談到小時候的記憶。顯而易見，新加坡社會面貌的新陳代謝非常快，連年輕人都感覺到趕緊記錄以便記住的必要性。

等兩位講完了，有些聽眾向他們提問題。第一個舉手的中學女生，當眾問林高老師：您覺得新加坡人會支持新華文學嗎？哎喲，這到底是何種問題呢？林高老師是過來人，臉色一點都沒變，靜靜地回答說：過去曾有華文作品不能發表的時候，然而，有些作家如著名的尤今老師，當時把自己的作品放在抽屜裡，等到中國大陸開放，就拿去那邊發表，如今擁有很多讀者了，所以，不管當地讀者支持不支持，志願文學創作的人，還是應該繼續寫，將來有機會在哪裡發表都說不定。

大家到隔壁樓去吃自助式午餐。其中有很年輕的母語處彭司長和夫人，兩位都是高中畢業就領政府獎學金去北京大學讀了本科的，果然中文非常好。夫人說，她十八歲就決定去北京四年，並簽了回來後教八年書的合約；當時很多人說，妳書念得那麼好，幹嘛不去英國、美國？然而，過兩年放假回來，社會氣候已經完全不同了，這回很多人都說，妳去北京念書，多好啊！那轉變發生在一九九〇年代到二〇〇〇年代，中國的經濟快速起飛，人們對中文的態度也隨之改變了。

自助餐內容很簡單，但是樣樣都很好吃，而且有甜點綠豆湯以及咖啡、紅茶。我對椰漿味的什錦菜頗感興趣，問眾人該怎麼做。結果，大家都推薦超商賣的調味包，什麼叻沙、海南雞飯、肉骨茶，現在都有了，味道也很不錯的。也許是新加坡地方小人口也少的緣故吧，經常出現「大家都說」的局面。

下午是世界書香日暨新加坡文學四月天的開幕式。有點像中國大陸，主賓是行政首長。

有點像英國殖民地時代的香港，那首長是穿著搶眼旗袍的年輕女性。她是新加坡政府教育部兼貿工部政務次長劉燕玲女士，乃屬於執政的人民行動黨政治家。劉次長顯然是當地的社會名流，以明星一般的姿勢站在舞臺上，指揮在場的八百多人一起喊：樂學華文，受用一生，同時做心形手勢後再豎立兩個拇指。稍後提問題的中學女生，首先控制不住就喊出來：今天能親眼看到劉次長很高興，您是我們的偶像！

開幕式下午一點半開始。有主賓與幾位來賓致辭，然後給十名優秀中學生頒發獎學金。接著由南洋女中學生跳民族舞，由小朋友們演出短暫的默劇。然後，終於輪到我演講了。這次的題目是：我和中文談戀愛。聽眾有中學生、他們的老師、愛閱讀的社會人士、當地作家等。大家的反應滿不錯。新加坡人的國民性格，好像是謹慎的開朗。我的演講結束以後，美國籍譯者白雪麗女士就上臺，講講約二十年前來到新加坡以後，如何學了華文，又如何開始把華文作品翻譯成英文等等。最後，我們坐在臺上的沙發，在當地詩人蔡志禮教授的主持下，回答聽眾提出來的問題，並互相交換意見。

這一趟新加坡之行，最大的任務就這樣完成，叫人鬆了一口氣。教育部派來的小黃帶我和臺灣大田的總編培園先回酒店，然後六點鐘再開車來接我們去吃飯。他是馬來西亞華人，今晚要帶我們去嚐嚐檳城的美味。

馬來西亞人在新加坡政府工作，使我稍微吃驚。他說，馬來西亞華人讀的獨立中學，是完全由華人社區興辦的學校，華文教育水平比新加坡高。但是，馬來西亞政府不承認「獨中」的文憑。所以，畢業生只好離開祖國去海外上大學。小黃夫婦都從馬來西亞來新加坡讀大學，畢業後就留下來從事教育工作。

我們在日本，從小就聽慣了：在法律面前，人人平等。雖然現實中有許多不平等，但是作為理念的「人人平等」從來沒有被質疑過。然而，到了南洋，情況就很不一樣。馬來西亞政府公然優待馬來人，新加坡政府則把當地人不願意做的工作叫外勞去做。坐在轎車上，經常看到卡車後面載著十多個黑皮膚的工人。這邊是繫著安全帶坐在開冷氣的小轎車裡；那邊則是蹲在冒著熱氣的裝貨臺上。聽當地人解釋：卡車後邊寫著「12」就意味著允許載十二個人的意思。當地人是司空見慣，我還是不習慣。

這是星期六的晚上，一棟商場裡的檳城餐廳，一開門就坐滿了客人。以自助餐形式供應的檳城美味，從叻沙、蝦湯粉、牛肉咖哩、炒粿條、沙嗲、粉果、蝦膏拌蔬果、娘惹式開放春捲，到糕點、冰點，五花八門，應有盡有，而樣樣都很好吃。新加坡實在是美食天堂，在哪裡吃什麼都很好吃。尤其是這家檳城自助餐，每樣菜都做得特別精緻，叫人埋怨自己的肚子不能容納更多食品。

吃完了飯，小黃把我們送回酒店。明天還有最後一場演講，幸好是下午的。他十一點一刻要來接我們，然後到圖書館附近的餐廳，先由教育部母語司宴請這次活動的四個演講者。

到了酒店，我放下東西，馬上又出去，到星悅匯商場地下的超級市場。來新加坡已經三天了，一直沒碰酒水，要買兩罐雞尾酒裝在客房冰箱裡。另外，我對大家齊聲推薦的方便叻沙也非常有興趣。還好，時間離商場關門的十點鐘還有半個鐘頭，我能夠先在屈臣氏買護髮膏、保濕霜等。新加坡屈臣氏賣的東西，我覺得非常貴，要找最便宜的商品，才合我的預算。超商賣的酒都很貴，是政府不要國民喝太多吧。我買了兩罐雞尾酒，一個是聞名於世的新加坡司令，另一個是伏特加檸檬。新加坡司令的紅辣椒色罐頭很好看，可惜回酒店打開嚐一嚐，味道有點怪怪的。也許是政府不要國民喝太多所致吧。

已經做了三場演講，而有些人每場都來聽，還是換點內容，對自己對聽眾都好。於是，邊看著新加坡製作的華語電視節目，邊修改講稿換換幻燈片。這次的電視節目是介紹新加坡歷史上的名人，果然談的是賣萬金油發財，在香港、新加坡建設了虎豹別墅的胡文虎之生平。胡文虎的名字，連我在日本都從小聽過很多次。在新加坡，該是更有名到人人皆知吧？拍成電視節目，當地人會覺得新奇，有創意嗎？看來，新加坡的華人文化，真是面對著大難題。第二天早上播放的節目，則給當地小朋友教教兩百年以前，從中國來到南洋的苦力們過的是如何艱苦的日子。悶不悶是一回事，吸引不吸引人也是大問題了。

新加坡的味道

回日本打開黃老師贈送的咖椰甜醬，塗上吐司吃一口，啊，這就是新加坡的味道了，沒有錯。

四月二十四日。下午有兀蘭區域圖書館主辦的公開論壇。因為昨天認識的當地年輕作家林容嬋小姐想要知道我成為中文作家的具體過程，所以我在事先定好的題目「我如何成為了中文作家」上，要補充一些具體的信息了。為此目的，昨晚就在網路上收集了一些老朋友的照片以及港臺報紙的頭版標題等。

星期天中午，在商場樓上的美食街，各家餐館都客滿；我們去的粵菜館也只留下最靠近出入口的位子。這回坐在我旁邊的推廣華文學習委員會林美君祕書長對我說：因為是週末，傭人都放假出去，大家只好出來在餐廳吃了。原來如此。她說，家裡孩子是兩兄弟，彼此說英語，電影要看英文的，書也要看英文的。身為推廣華文學習委員會祕書長，應該很頭疼吧？這次吃的是高級粵菜，有龍蝦、鮑魚等，我偏偏對小碟上的香燜花生有興趣。林祕書長告訴我，樓下的超市就有賣罐裝的。於是吃完後，我們先到超市買吃的，然後再去圖書館禮堂。

最後一場是白雪麗女士先講，然後是我演講。不知怎的，我一開始講話就講個不停，昨天和今天都有人遞給我字條說：還有五分鐘。不知怎的，我總是有說不完的話。今天講了從前我去中國留學時的經驗，以及後來在多倫多遇上許多六四難民的回憶。沒想到，有位聽眾說：「謝謝妳講中國的歷史給我們聽。」人活著自然就變成一本歷史書呢。

在圖書館跟教育部的各位告別。由小黃開車帶我們去印度街吃咖哩。在那兒，是我到了新加坡以後，第一次看到街上有垃圾，在停車場電梯裡也聞到了垃圾味。街頭站著許多南亞人，大多是年輕人，全都是男性。小黃說，幾年前有個印度勞工喝醉酒以後鬧事，後來政府禁止便利商店賣酒。新加坡面積小，一個地方發生騷動，搞不好會很快就波及到全國去。所以，要管得很緊，是可以理解的。當地人告訴我說：本來政府要引進更多移民，但是在上次的選舉中，很多新加坡人投了反對票，政府也只好調整政策了。

小黃有個同事是印度裔的。他藉由智慧型手機得到指示：該去哪家餐館，點哪些菜等。結果，我們吃的雞肉咖哩、菠菜起司咖哩、魚頭咖哩，都滿不錯。而且是在桌子上，攤開很大的香蕉葉，當盤子吃的。滿有趣。這回我忍不住問了小黃：可以喝杯冰啤酒嗎？

吃飽後，小黃還開車帶我們去濱海灣花園。來新加坡五天，這是唯一踏足的觀光景點。在熱帶的夜晚，許多當地人、遊客在外頭走走看看。所推出的概念是完全人工的自然。非常新加坡。感覺呢，還不錯。在酒店門口跟小黃告別。第二天要來接我的是已退休的教育官僚黃老師。

四月二十五日。在酒店一樓吃早餐。菜餚種類不是非常多，但是品質滿好，而且每天都稍微變化。黃紹安老師開車來接我。他老人家已經六十好幾了吧，但是身體、頭腦都非常健康敏捷，許多年輕人都贏不過他。到了機場，他還陪我逛逛超級市場買吃的。然後，一定要請我喝當地亞坤咖啡店泡的奶咖啡，也幫我買新加坡人吃早餐不可缺少的咖椰甜醬。最後，我要說非常感謝時，他斷然阻止我道：妳不用說客氣話。好，那就揮手拜拜，我走了。

在新加坡過了短暫的五天時間，印象可以說很好。我覺得，全世界最像日本人的民族，非新加坡人莫屬。他們的勤勞、乖巧以及無奈，真的很像我們。這個富有國家的人民清楚地意識到，為了經濟繁榮，付出了什麼代價。有人還主動告訴我：前些時緬甸的翁山蘇姬來訪，被問印象如何？她回答：新加坡辦得很成功，但她希望緬甸走另外一條路。新加坡在表面上看來是很先進的國家，但是空氣裡還飄著點樸素的東西，也許是熱帶氣候所致吧？後來，回日本打開黃老師贈送的咖椰甜醬，塗上吐司吃一口，啊，這就是新加坡的味道了，沒有錯。

伍

品嚐吃過的美食，找食譜憶當年

—

中文帶我吃遍全世界

中餐好聰明

煮五花肉，做成一盤白肉片、一盤回鍋肉、一大碗湯，可以說是：一石三鳥，一舉三得。這樣徹底合理的做菜戰略，不管查了多少日本菜食譜，都找不到的。

我老勸學生們去國外留學，因為年輕時去留學的地方將會成為第二個故鄉。有了第二個故鄉有什麼好處？豈不是能擁有兩種故鄉菜嗎？若是如今的日本年輕人恐怕會反應說：是那個呀？我可確信，人生的意義、做人的幸福，都在於小小且具體的經驗中，而這種現實主義的生活態度，我也是通過學中文體會到的。

想起來自己都難免吃驚，我二十出頭的時候，在北京待的時間其實不到一年。但我說的中文一輩子都有微微的京味，我家的飯桌上則常常出現京菜。例如：木須肉、蔥爆羊肉、西紅柿炒蛋、白肉片、京醬肉絲、燕京茄子、炸醬麵。這些菜式一般不會出現在日本家庭的飯桌上，然而在我家卻屬於家常便飯之列，以致孩子們上中學以後說：現在才曉得咱家吃的東西跟別人家不同。

尤其是木須肉，既簡單又好吃，再說日本人對木耳有莫名的憧憬。反正價錢不貴，容易入手，何妨買來一袋在家裡弄盤木須肉？但是，大夥兒還是說：木耳屬於中餐，也就是外國菜，自己做該很難吧？而且聽說炒中國菜非得有火力極強的專業爐子不可，對不對？於是我說：從前我留學中國的年代，人家煮飯、炒菜還全用煤球爐子呢，哪兒有專業瓦斯爐？開玩笑！但是島國心態的日本人就是不相信。

有一次，我在北京外國語學院時的日本老同學來作客。她已經住在紐約很多年，回日本、去中國的機會都不多。所以，我特意為她做當年常吃的北京菜，一邊端上木須肉，一邊說：記不記得我們當年經常吃這個？妳應該好久沒嚐到了吧？誰料到，老同學卻以美國式的直率態度說：我在紐約唐人街都常吃這個呢；那裡還有木須雞、木須蝦呀。

紐約到底是世界的首都，不僅有木須肉，而且有花樣不少的木須料理。相比之下，我在日本的餐廳吃到木須肉的經驗至今只有一次，乃在北京中央音樂學院畢業的音樂家夫婦曾在東京阿佐谷經營的東方園中餐館。當廚師的關先生是滿洲八旗家族出身，從小在北京西四的四合院裡長大，孩提時代吃喝的記憶，一輩子準確地保留在舌尖上，無論烙春餅還是炒菜，都做得出地道北京旗人家庭的味道。另外就是二〇一五年九十四歲去世的小說家阿川弘之，在獲得讀賣文學賞的飲食散文集《食味風風錄》裡，仔細介紹的「musurou」，顯然就是木須肉了。雖說是讀到而不是吃到，名作家的筆力很厲害，叫讀者有飽滿的感覺。

如果早年沒去北京留學的話，我家飯桌上也不會出現蔥爆羊肉，因為日本人很少吃羊肉，而且一般都不曉得中餐裡羊肉是常見的食材。東京超市甚少賣羊肉，偶爾出售的，要麼是從紐西蘭進口的羊小排或者為了做北海道名菜「成吉思汗鍋」而用的羊肉切片。北海道是明治維新以後才有大批日本農民住進去開墾的「國內殖民地」，生活包括飲食水準都曾長期低迷。所以，在廣闊農園邊做邊吃的「成吉思汗鍋」成為當地名菜，可以理解也情有可原。儘管如此，在北京待過的人無法不發現，這種北海道名菜，其實就是老北京菜烤羊肉的變種，可惜隨時間失去了老祖宗在味覺上的細膩。

說不定就是物以類聚吧，在我親朋好友中，愛吃羊肉的人特別多。但是，多數日本人仍然一聽到羊肉就說：「會腥吧？」那是他們沒吃過上好的羊肉料理，只嚐過北海道味道的「成吉思汗鍋」所致。據我所知，在東京，只有紀伊國屋國際超市常備有涮羊肉用的冷凍羊肉薄片。我家冰箱則常備著那包羊肉，隨時拿出來，不僅可以做涮羊肉，而且做蔥爆羊肉或新疆味的拉條子。這樣就能夠給飯桌添上一點色彩。

跟難以入手的羊肉相比，雞蛋和西紅柿可以說是日本每個家庭都常備的食材。儘管如此，兩者炒在一起的西紅柿炒蛋卻至今沒有被廣大日本人發現。這道菜，其實說不上是北京菜，我在大陸旅行去過的地方都有它而受到各地小朋友們、大朋友們的支持。沒想到在臺灣電影《總舖師》裡，代表臺灣媽媽之味的家常菜也果然是它，叫我看了詫異：喲，菜脯蛋什麼時候輸掉了？無論在什麼時代、什麼地方，人們都傾向於把舶來品神祕化。所以，你跟日本人吹：做中餐非得有火力極強的專業爐子不可，他們願意相信。反之，你說：就用家中冰箱裡的雞蛋和西紅柿，隨便炒炒後放鹽、糖、胡椒調味一下，就可吃到如今在全世界最受歡迎的中式家常菜，他們卻回以疑惑的眼光。

白肉片的處境可以說更荒唐。在日本超市裡賣的一包約五百克豬五花肉塊，眾所周知，用白水煮熟後切成片就是白肉片，跟應時的蔬菜炒在一起便是回鍋肉了。可是，日本人買了五花肉塊，就是不肯乖乖地把它放進白水裡煮。反之，今天在日本，最普遍的五花肉菜式為「豬固肉（豬肉塊）」，顧名思義，是在紅茶水裡煮熟的五花肉塊。也有人主張：碳酸水裡煮的五花肉最嫩，因而就把肉塊放進可樂中煮。本來就味道好的五花肉，不管煮在紅茶裡還是煮在可樂裡都不難吃吧。但，超難忽視的是，他們把撈出肉塊以後的湯水，毫不猶豫地倒掉。所以，古老中國的老祖宗就叫你在白水裡煮肉嘛，以便用那清湯來做青菜湯也好，蛋花湯也好，總不至於把紅茶味、可樂味的肉湯全浪費掉。

日本有俗語說：一石二鳥，就是一舉兩得的意思。煮五花肉，做成一盤白肉片、一盤回鍋肉、一大碗湯，可以說是：一石三鳥，一舉三得。這樣徹底合理的做菜戰略，不管查了多少日本菜食譜，都找不到的。日本人卻用紅茶、可樂來糟蹋湯水而自以為是，我作為他們的骨肉同胞很是難過，看不慣。彼此的區別，究竟是從哪裡來的？我想應該是中文善於合理思考所致。

除了中餐以外，也具備高度合理性的菜式，還有法國菜。某一天，我翻著法國修道院的食譜，看到一則記述而拍了大腿。食譜說：在二重鍋上架蒸蔬菜的時候，同時可以在架子下熬湯。這種做法以及思考方式，跟香港茶樓把多層蒸籠重疊起來用，或者臺灣電鍋始終附設著用來隔層之配件，可說異曲同工，就是連蒸氣都不肯浪費，合理極了。看來，稱得上世界名菜的，一定具備著高度合理性，叫人做了覺得：這樣很有道理。而在合理性烹調術背後，則一定有合理的思考方式以及支持它的語言。

我覺得中餐和中文有共同的合理性。反之，日本菜和日語有共同的囉嗦。你走進去看看日本人的廚房，就知道我的意思了。據調查，日本家庭平均擁有二十個鍋子；九成以上的家庭擁有雙耳深鍋、平鍋、砂鍋、壽喜燒鍋，八成以上擁有雙耳和單柄淺鍋、天婦羅鍋、中式炒菜鍋，五成以上擁有壓力鍋。深鍋是做味噌湯用的；平鍋則是煎雞蛋、牛排用的；砂鍋和壽喜燒鍋是做火鍋用的：天婦羅鍋是油炸食品用的；中式炒菜鍋當然是做青椒肉絲和麻婆豆腐兩款在日本最受歡迎的中菜用的。每個鍋有特定的用處，偏偏缺乏「泛用」的思想、「普遍性」的概念。再加上電鍋、吐司機、微波爐等，果然日本廚房裡擁擠不堪。

所以，當我說，做中菜只需要一個炒菜鍋，可以用來煎、炒、炸、蒸、甚至燻，眾日本人又以疑惑的眼神看我。當我跟著說，做中菜也只需要一把菜刀，他們的疑惑更加深了。也不奇怪，日本家庭的廚房一般都有大小長短寬細不同的好幾種刀，卻哪個都沒有中式菜刀結實，所以切斷魚骨還行，砍斷雞骨、豬排骨就不可能了。結果，這些食材不會出現在日本家庭的飯桌上。

我在大學教的一名學生，交上了個華人朋友。他有一天到朋友家吃頓便飯，結果大開眼界，改天特地來向我報告。原來，那位朋友做炒飯和蛋花湯，只用了一把炒菜鍋，是炒好飯以後，直接往鍋裡放入水做成湯的。叫日本學生最感動的是：一飯一湯完成的時候，連鍋子都乾乾淨淨呢！如果是日本人，一定要用兩個鍋，也非得動用洗碗精不可。日本人普遍愛吃中餐，但中菜的做法一直沒有傳到日本家庭去，我估計一個原因是中日兩種語言的思路離得很遠。

話雖這麼說，日本菜也不是完全沒有合理性高的菜餚。首屈一指的是壽司，其次則是天婦羅，果然跟外國人對日本菜的首選不謀而合了。我爺爺、爸爸、伯伯、叔叔都曾做過壽司師傅，如今也有堂哥、堂弟開壽司餐廳。我算是從小耳濡目染的，長大後偶爾在家裡捏一捏請親朋好友吃。客人都問：妳花很長時間準備的嗎？我說：沒有啊，就是今天中午吃完午飯後才出去買的材料。而我最喜歡在魚店裡看看有何種魚。除了鮪魚、魷魚、鯛魚、鮭魚等常備的魚以外，不同的季節會有不同的魚類，如春天的螢烏賊、夏天的鰹魚、秋天的秋刀魚、冬天的白鱈魚。有趣的是，無論是什麼海鮮，弄成壽司始終是最可口的吃法。連臺灣名產烏魚子，我都推薦你下次弄成壽司吃吧。你一定會同意我的。

至於天婦羅，在國外的名氣沒有壽司大。可是，在日本，它是相當有地位的菜餚。在大碗裡放一杯麵粉和一杯冷水再攪拌一下，然後從冰箱拿出任何蔬菜，例如洋蔥、胡蘿蔔、南瓜、茼苣、茄子、青椒、番薯，以及任何海鮮，例如蝦子、魷魚、多春魚、沙丁魚，先抹上乾麵粉以後，再蘸上麵糊，放入一百七十度的熱油裡炸一下即可。天婦羅是很寬容的菜式，幾乎什麼材料都可以用。有一次，我家冰箱空蕩蕩，只好拿出海苔來做天婦羅，未料味道不錯，而且油炸的麵糊會飽肚子。

近年，海外來的日本菜粉絲越來越多。各國的中產階級男女，要麼自個兒或者作伴來逛東京，等肚子餓了就光顧當地的壽司店、拉麵店等。好在日本的餐廳很多都在外面玻璃櫃子裡陳列食品模型，或者在菜單上有彩色照片，叫不懂日語的外國人也容易點菜。壽司店、拉麵店、蕎麥店、御好燒店，都一個人點一個菜就可以。不像去有點規模的中餐館，除了點冷盤和幾種熱菜以外，服務生還會問你「要不要湯水？主食？甜品？」點菜過程複雜累人。

其實，點菜過程簡單並不是值得驕傲的事。以前，我常為在東京招待外國客人而深感煩惱，因為此間除了特別高級的食肆如懷石料理屋以外，甚少有像中餐館或西餐館那樣，供應多種菜餚的日本餐館。冷靜想一下，一個人點一種菜即可的食肆，不外是小吃店了。但是，晚餐時間，帶外國客人去小吃店，不合適吧？唯一的答案是居酒屋，以廉價提供各種料理，包括刺身、天婦羅、燒鳥、飯糰、蕎麥麵、綠茶冰淇淋，問題就是等次不高，而且日本客人大多都喝酒喝到醉。外國客人如果不習慣，該怎麼辦？

謝天謝地，時代環境變得很快。伊丹十三導演的拉麵西部片《蒲公英》在美國爆紅以後，來日本的外國人就知道拉麵店是怎麼回事了。迴轉壽司連鎖店在海外的普及也是起了作用。總之，外國遊客來日本愈來愈傾向於一家一家地光顧迴轉壽司店、拉麵店、蕎麥店、御好燒店，累了就在超商買豆沙麵包和泡芙吃。這樣子既能體驗日本人的日常生活又能控制費用。尤其，當中國年輕人來日本，尋找的除了藍色天空以外就是資本主義國家大都會的生活方式，包括一個人、兩個人面對櫃檯吃飯。

一九九一年的日本隨筆家俱樂部賞得獎作品，林望的著作《英國很好吃》，剛問世的時候帶來的衝擊，我至今仍記憶猶新。之前，經常聽說英國菜很難吃，自己去倫敦也被既硬又柴的牛排給嚇住過，但是，看日本文獻學家在英國旅居兩年以後寫出的生活散文，果然英國也有獨特的飲食文化，即使說不上美味，至少有樸素可愛之處。例如，在院子裡種的蘋果樹，當果實熟透，等自然落地撿起來後，就能在自家廚房做成蘋果派吃。這樣的生活還是滿令人羨慕的。

林望去英國，本來是為了跟英國學者共同編纂《劍橋大學所藏和漢古書綜合目錄》。該書獲得一九九二年的日本國際交流基金獎勵獎。幸虧，他除了做文獻學研究以外，還仔細觀察了英國人的飲食生活並用日語寫成散文。結果，《英國很好吃》一書大大地改變了日本人對英國的刻板印象。這本書的標題取得也很好，既易懂又違背世人的定見，因而充滿意外性。

從前的日本人去中國留學，回來後寫出的飲食散文中，也不乏名著。例如，迷陽先生青木正兒（一八八七—一九六四），專精於中國文學、戲曲等方面的廣泛論述考察。他也是把魯迅介紹給日本讀者的第一個人。迷陽先生畢業於京都大學中文系，一九二〇年代被日本文部省派去中國訪問江南、北京等地，回來後寫的多數著作裡，就有《華國風味》《酒餚》《抱樽酒話》《中華名物考》等，是以中國文化的深淵造詣為基礎的有趣散文。他也寫過《琴棋書畫》一書，頗理解在日常生活中實踐文化活動的意義和重要性。

我苦學英文，最大的回報是能給自己的孩子們教英語。目前他們還沒開始學中文。所以，我樂學中文，最大的回報是能看中文食譜，給家人做中菜吃。當然，自己沒吃過的東西，即使看著食譜做都心裡不踏實。反之，曾經吃過的東西，過了很多年以後，還能看著食譜回想起當年的味道來，成功地復原了闊別已久的菜，感動的程度不亞於重見老朋友。所以，年輕人，趕緊去留學吧！

多倫多的芹菜肉絲

不分男女，凡是有文化的人，一般都會做菜的。北京工程師的芹菜肉絲、東北大漢導演的馬鈴薯肉片、蒙古族舞蹈家的羊肉湯，一個一個味道都回到我舌尖上來。

「妳吃得慣中國菜嗎？」

我在中國留學的時候，常有人問我。

「吃得慣。」

我每次都禮貌地回答。實際上，中國菜也有各種各樣的，何況當年中國大陸的經濟水平還不是很高，物流也沒那麼發達。例如，北京一對教師夫婦在他們家請我吃的手工豬肉韭菜水餃，豬肉是全肥的，韭菜是在冬季的外頭凍過的，自然不會很好吃；但是吃著人家費盡心思特地為我準備的一頓飯，我也只能說「很好吃」。

當時覺得真正好吃的中國菜，除了北京名菜烤鴨、涮羊肉等以外，主要還是在旅遊去的地方吃到的當地菜，如東北的朝鮮烤肉、成都的麻婆豆腐和擔擔麵、杭州的東坡肉和蓴菜湯、上海的小籠包等。我對於中式家常菜的認識，來得較晚，可追溯是待在多倫多，跟中國朋友們來往的時候。其中印象很深刻的是一位北京男人炒的芹菜肉絲。

他是一位工程師，在美國讀完大學以後，任職於多倫多一家電腦公司。當時，那些中國大陸出身的知識分子，往往幾個人租一間較大的公寓一起住。工程師住的是位於多倫多中心區的高級公寓，一間有四個臥房的單位，客廳、廚房都很大。有一天，他請幾個朋友在他家吃飯。當我抵達的時候，別人都還沒有到，主人則在廚房裡做準備。幾個中國男人共用的廚房，設備很簡單，只有電鍋、炒菜鍋、筒形鍋、砂鍋、蒸籠、蓋子、菜刀以及菜墩子各一個。在瓦斯爐旁邊擺著他已經切好的材料，包括切得很細的肉絲和芹菜絲。

早在中國留學時代，我就去過一些當地朋友家吃飯。如果請客的是夫婦，先生擔任廚師的機率較高，而我當時以為那是社會主義的優越性之一。可是，單單一個男人為幾個客人做飯的場面，我是第一次遇上。所以，對那工程師親手切得細細的肉絲和芹菜絲，我感覺非常新鮮。

「這你要怎樣調味的？」

「就是放鹽啊。」

「只放鹽，不放別的？」

「嗯。」

我覺得大開眼界。原來，中式家常菜是如此細心地準備，如此單純地做的。哪像我們在日本接觸到的中菜食譜，一定要放蔥薑蒜不在話下，還非得買來甜麵醬、豆瓣醬、海鮮醬、蠔油、辣油、味霸、XO醬等不可，否則得乾脆買來味之素公司推出的調包「Cook Do」。同時，日本人切肉的功夫也實在太差了，說是「細切」實際上是「亂切得細」罷了。相比之下，北京工程師把一塊瘦肉，先切片後切絲，結果紋理整齊美麗得很呢。

等朋友們到齊了，工程師開始把一盤又一盤菜端上桌來。其中有翡翠顏色悅目的芹菜肉絲，果然清淡鮮美。從味道和顏色推測，他好像真沒放醬油或其他現成的調味料，連胡椒味都嚐不到，至多加了點糖和酒而已。

「菜做得都不錯。今天咱們過什麼節日來的？」有人問。

「你們給我過生日呢。」主人答。

「唉唷，是你的生日？怎麼不早說呢？」我都著急起來了，因為沒有好好準備什麼禮物。

「在中國，過生日的人請客才對。」工程師說。

後來，一些中國朋友私下告訴我，他們家都沒有過生日的習慣。也許，那工程師的家庭條件較好，或者父母文化水平高，教好兒子：逢生日要請朋友們吃飯。很好的家教才培養出能把肉和菜都切得既細又美的專業人士。

我在日本的老家，因為爺爺是壽司店老闆，爸爸和他兄弟當過廚師，可說有男人下廚的家庭傳統。可是，大部分日本男人，直到二十世紀末，都不僅不會做菜，而且還引以為榮的。幸虧我有機會出國，見到很多會做菜的好男人。

比如說，在多倫多的六年半時間裡，我認識了每個週末做菜請好幾個朋友吃的當地攝影師約翰、離開家鄉後好幾十年都繼續做媽媽味的德國籍廣告導演，還有到了中午就從冰箱拿出奶油、起司、寬麵來，只花幾分鐘就弄成超好吃白醬義大利麵的法國籍美術設計師等。通過跟他們的來往，我深刻體會到：做菜是文化修養的一部分，不分男女，凡是有文化的人，一般都會做菜的。北京工程師的芹菜肉絲、東北大漢導演的馬鈴薯肉片、蒙古族舞蹈家的羊肉湯，一個一個味道都回到我舌尖上來。

日本人往往以為，跟細膩的日本菜相比，中菜顯得大方粗魯。西方人也常常誤會，中餐普遍多用味精。每次聽到那些錯誤的譴責，我都想起那切得細細整齊的芹菜肉絲來，而進一步想像，它呈現綠玉石的美麗顏色，說不定就有逢生日祝福長壽的意義，人家真不愧為一名中國文化人。

原來鮭魚有三種名稱

對生吃鮭魚有忌諱的日本人，改其名為三文魚以後，才能入口並愛上。臺灣人則實事求是，把日本產鮭魚叫做鮭魚，把大西洋三文魚也叫做大西洋鮭魚。

香港有美食家朋友在報紙的專欄裡大罵當地一家日本餐館，收客人高價居然供應三文魚壽司。他寫道：「三文魚是問題頗大的食材，野生的會有寄生蟲，養殖的則有抗生素，也會汙染海洋環境，連敢吃的日本人都敬而遠之，他們若看到香港迴轉壽司最多的是三文魚，大概會嗤之以鼻吧！」

那位美食家朋友去過日本很多次，也光顧過好多家三星級食肆，但是對於日本庶民的飲食生活顯然不大瞭解。我就給他寫了回音，從東瀛老百姓兼東京「朝日鮨」壽司店老闆孫女的角度補充了幾個觀點。

首先，在我東京長大的孩提記憶裡，確實沒有三文魚壽司。當年日本小朋友最喜歡吃的壽司材料是鮪魚和烏賊，一紅一白，如果再加上黃色的玉子燒（炒雞蛋），看起來美麗吃起來可口，就沒得說了。至於三文魚，日本人本來稱之為鮭魚，是生在北海道河流裡，長在根室海峽，到了繁殖期又回到出生地產卵的淡水魚，由於有寄生蟲，所以不適合生吃，只有用鹽醃過的魚子才適合做成紫菜卷吃。當年也聽說，北海道原住民愛努人就把鮭魚肉先冰凍後切成薄片吃，那樣子能殺掉寄生蟲，再說是現釣上現處理的貨色自然新鮮無比了。相比之下，在好幾百公里之外的東京，老百姓吃的大多是用鹽醃過的「鹽鮭」，在瓦斯爐上烤熟後吃，會是飯糰或茶泡飯的好材料，然而生吃鮭魚是老祖宗傳下來的禁忌，誰也不敢冒犯。

記得一九八〇年代末，我有一次從海外旅居地回日本探親，爸爸為我準備的壽司裡果然有橙色的鮭魚。他說：「這不是北海道的鮭魚，而是最近開始從挪威進口的三文魚，不僅可以生吃，而且比鮪魚肚子肉（toro）還要肥美呢。」我後來得知，打從一九八〇年左右開始，挪威向日本出口可生吃的三文魚。在這之前，該國政府一九七四年派來的漁業代表團發現日本有刺身、壽司等吃生魚的飲食習慣，然而當地產的鮭魚不能生吃，如果挪威能供應適合生吃的大西洋鮭魚的話，潛在市場會滿大的。挪威政府漁業部計畫的「日本項目」（Japan Project）成就可觀，成功地說服了日本人：北海道產鮭魚和大西洋三文魚是兩回事，後者因為在無菌魚塘裡人工繁殖，所以沒有寄生蟲，不用怕會鬧急性肝炎，吃起來既安全又鮮美。幾乎同時，南美智利也開始養殖大西洋三文魚了。現在，日本進口低溫冷藏的挪威貨和冷凍運輸的智利貨，挪威產的價錢較高，智利產的市場占有率更高了。

總之，今天問日本小朋友最喜歡吃何種壽司，最多孩子回答說是三文魚，打下了傳統的壽司皇帝鮪魚肥肉（Toro，第二名）和壽司皇后鮪魚瘦肉（赤身，第三名）。至於大人，所有年齡層的女性以及未滿五十歲的男性也全說：最喜歡吃三文魚壽司。所以，三文魚壽司風靡的絕不僅是香港，在日本都人人愛吃三文魚。眾所周知，大陸中國人也不甘落後，二〇一〇年起挪威產的高級三文魚進口量都超過日本，而其中八成以上都當刺身或壽司材料生吃。

回想一九八〇年代，我留學中國的年頭，當地朋友們對日本人吃生魚的習慣，無例外地搖頭表示不可理解。轉眼之間，三文魚成了中國城市超級市場標準經銷的商品之一。誰能不被「三十年河東三十年河西」之感所襲？記得一九八五年的勞動節假期，我在哈爾濱應邀參加了當地幹部招待香港商人的宴會，桌上除了茅臺酒以外，還擺滿山珍海味，其中有駱駝掌、一種叫猴子頭的蘑菇，以及整條大馬哈魚。那種魚的味道很像我從小熟悉的北海道產鮭魚，該是黑龍江或烏蘇里江釣上的吧。相信當天在場的來賓沒有一位能預料到，三十年以後他們會生吃大馬哈魚了。

海外華人中，最早開始吃生魚的該是臺灣人，跟著是香港人。一九九〇年代中期，我居住香港的日子裡，刺身、壽司早已是酒店自助餐很受歡迎的料理之一。人氣最高的是三文魚，然後是章魚和吞拿魚（即鮪魚）；我當時就猜想是喜氣洋洋的紅顏色和柔軟的口感贏得港人認可的。其實，就是香港人把英文salmon譯成三文魚，把英文tuna譯成吞拿魚的。反之，臺灣人至今沿用日文傳統的說法，不僅把tuna叫做鮪魚，而且把鮭魚仍叫做鮭魚。對生吃鮭魚有忌諱的日本人，改其名為三文魚以後，才能入口並愛上。臺灣人則實事求是，把日本產鮭魚叫做鮭魚，把大西洋三文魚也叫做大西洋鮭魚。

講回香港美食家朋友，他常來日本，也常光顧高級料理店，但是從來沒遇到過三文魚刺身或者壽司，因為高級日本餐廳的廚師一定要用國產的天然材料，例如青森大間的鮪魚、瀨戶內海的鯛魚、長崎的比目魚等，由他們看來，人工養殖的進口三文魚是上不了檯面的賤貨。然而，老百姓過的日子是另外一回事了；只要安全、好吃、價錢合理，挪威產、智利產的三文魚有什麼不好呢？所以，無論在銀座還是在澀谷，百貨公司上層的壽司店或者位於地下層的超市裡，三文魚壽司都擺在正中間，大顯帝王威風的。至於養殖魚包含的抗生素等添加物，過去海外確實有過質疑安全性的報導。不過，日本進口養殖魚的每個關口都有官方開設的檢疫所，按照日本標準進行檢查，所以一般相信沒有問題。我作為老東京人，至少可以保證：普通日本人都吃三文魚壽司，絕不會對愛吃三文魚的香港人「嗤之以鼻」。

拉麵是中餐還是日餐

日本人和華人歷來對「拉麵」有各自的幻想，而就因為是幻想，猶如三面鏡裡的景色一樣，無論多麼迷人，想抓也永遠抓不住的。

作家陳冠中先生帶夫人于奇女士來東京度假，從中心區坐中央線電車老遠到西郊我家來作客。我問他們過去幾天在東京吃得好嗎？未料，兩位異口同聲地說：「我們對日本菜樣樣都很喜歡。例如，壽司、天婦羅、蕎麥麵、烏龍、炸豬排等都很好。只有一種，我們吃不大慣，是『拉麵』。」

唉唷，這下子很有意思了。

他們繼續道：「怎麼現在日本『拉麵』的湯都很濃、很肥，不像以前那樣醬油味的清湯了？」我馬上領會其意說：「啊，你們說的是九州博多式的『豚骨（豬骨）拉麵』吧？現在很流行的。但是我和女兒都不大吃那個，太肥了嘛，雖然老公和老大兒子還滿喜歡吃。」女兒直點頭表示完全同意。

陳先生是上海出生、香港長大、美國留學，活躍於兩岸三地的奇才，吃日本菜的經歷該有幾十年吧。太太于奇女士則從前就讀過東京外國語大學，也算是一名日本老手。果然夫婦倆在東京，選食肆、點菜、拿起筷子享用都很順利。再說，大家年紀也不小了，如果在年輕時或許嫌太清淡的菜式，他們都能夠接受、欣賞。然而，偏偏對「日式拉麵」近年來的演變，搖頭不解的樣子。

我覺得很有趣。首先，「拉麵」這種食品，日本人以為是中餐，華人倒以為是日餐。日本人一般都相信，到了中國什麼地方一定都會有「拉麵」的原型。所以，去大陸旅行、出差、留學，結果找不到類似「拉麵」的當地食品，難免有被狐狸迷住了一般的感覺。然而，至少在今天的中國大陸，就是沒有「拉麵」的原型。它其實是「日本人演繹的中餐」。

據說，十九世紀七〇年代的橫濱中華街，有跟著歐美人從香港轉來的華人廚師，拉著攤車賣一種湯麵，無不像臺南的「擔仔麵」，或者香港的「車仔麵」，那才應該是「拉麵」的起源。後來，東京淺草等地出現日本人開的鋪子供應「支那蕎麥」，乃從唐人街的華人廚師繼承加鹼水和麵的技術，其他方面倒受日本傳統麵點的影響。那種湯麵最後發展成了完全獨特的式樣，也就是今天大家熟悉的「拉麵」了。二十世紀後葉的華人普遍相信那應該是地道日本菜，為了跟中式傳統的「拉麵」分別開來，特地加了「日式」兩個字普及到各地去的。

對日本人來說，包括「日式拉麵」在內，中餐的吸引力在於「肥」；而對華人來說，包括「日式拉麵」在內，日餐的吸引力卻在於「淡」。所以，如今日本男性愛死的超肥「博多拉麵」，被尋求東瀛淡味的華人夫婦否決，只好說是無可奈何的結果。

記得一九九〇年代初，我住在香港金鐘的時候，附近大樓地下的美食廣場裡有賣「日式拉麵」的櫃子。除了原味「拉麵」、日本都有的「叉燒拉麵」以外，還賣「炸豬排拉麵」而且竟然最受歡迎。雖然人家打著「日式拉麵」的旗幟做生意，可是由我看來，「炸豬排拉麵」絕不可能是日餐了。日本的伙食本來相當清淡，所以需要補充油分的時候，人們就光顧「拉麵」店或者「とんかつ」（炸豬排）店。這兩者再加上韓國烤肉，乃在日本人眼裡最能補充精力的三大食品。就因為如此，這三種食品也屬於男性、體力勞動者。香港金鐘的「日式拉麵店」將兩種補品合併起來出售，日本良民會覺得「補得誇張」，要導致出鼻血了。

不愧為既時髦又有深度的《號外》雜誌創始人，陳先生對各種流行文化，包括飲食研究得很仔細。這一次來東京，他果然嚐過各種麵條，也在腦子裡有了初步分析的結果。

他問我：「日本的麵條，有蕎麥、烏龍、『拉麵』的三種。對不對？」

「對。」

「那麼，在『拉麵』裡面的麵條叫什麼？也叫『拉麵』嗎？」

我稍微猶豫以後，下決心說了實話：「那叫做『中華麵』。」

「叫『中華麵』啊！」

果然，他顯得有點難過，輕輕嘆了一口氣。也不是沒道理，因為人家想要在日本嚐地道日本菜，可是「中華麵」這樣的名稱一聽就很假了，連「海南雞飯」「揚州炒飯」「法國吐司」都不如。可這也實在不得已，畢竟在日本，「拉麵」一直屬於來路不明的「B級美味」，哪能有堂皇的名字？

我解釋說：

「日本所謂的『中華麵』，是和麵時候加點鹼水的，結果和出來的麵條呈黃色，也具有獨特的味兒。其實，日本的『中華麵』跟香港粥麵鋪賣的『油麵』很相似，只是比那個細很多。」

他點著頭提出最後一道問題：

「日本『拉麵』的麵條，是否如今越細越酷的？」

這回我老公搶著回答說：

「沒錯。越細越硬越酷。」

二十世紀中期日本的著名導演小津安二郎以東京為背景拍的電影裡，多次出現拉著攤車或者開小店賣「拉麵」餬口的貧民。當時的「拉麵」就是陳冠中伉儷記住那樣的醬油味清湯麵上放了張叉燒片、筍乾、海苔、有粉紅色漩渦花樣的「鳴門卷」魚餅片，以及蔥花的。

後來，從一九七〇年代的「札幌味噌拉麵」熱潮開始，每段時間都流行源自日本不同地區的特色「拉麵」。我至今記得「札幌拉麵」剛出現時東京人感到的衝擊，因為「拉麵」上放奶油塊和玉米粒，有北海道特色沒錯，但是「拉麵」裡放奶油？簡直給人「越軌」「冒瀆」的印象。最近風靡一時的，就是九州福岡縣博多市的「一風堂」等推出的「豚骨拉麵」，其賣點就是肥而濃的湯和既細又硬的麵條。

二十世紀中期的日本人，曾經對油分的接受度很低，所以在柴魚湯裡加了點雞湯，麵條上面放了一張白肉片而硬說那是「叉燒」就覺得夠油。如果更肥的話，則要拉肚子或者吐酸水的。後來，日本人開始吃西餐、中餐、韓餐等，對油分的接受度以及需求都越來越高了。如今吃傳統的清湯「拉麵」，不少日本人會覺得太「淡」而不過癮，非得吃表面上浮著很多油粒的「豚骨拉麵」才爽。有趣的是，在同一段時間裡，一部分中餐倒開始走「低油」路線。例如，從前吃了一口嘴邊就油亮的北京烤鴨，這些年的潮流是越來越瘦，直到叫偶爾去旅行的日本人也不禁懷疑：是否最近的鴨子填得不夠呀？這可以說是飲食領域裡的「滄海桑田」吧？

「日式拉麵」越來越油的另一個原因，是跟從前供應「拉麵」的「中華料理屋」不同，最近流行的「拉麵專門店」不大賣鍋貼、炒豬肝等適合補充油分的菜餚。以前的日本男人，一進「拉麵」店就叫一盤「燒餃子」、一碗「拉麵」、一瓶啤酒，然後邊吃邊喝，甚至還邊看電視上的棒球比賽和報紙上有關早一日比賽結果的報導，娛樂自己。然而，今天，他們只叫一碗「豚骨拉麵」，匆匆忙忙吃完後拍拍屁股就走。畢竟，這些年，喝酒開車被罰的金額漲到天價去了，誰也不敢冒犯。那麼乾脆不叫「燒餃子」算了，反正不能喝啤酒吞下。再說，如今在街邊停車也被取締，大家匆匆忙忙拍拍屁股的理由確實很多了。總之，單獨吃碗「拉麵」或者至多添一碗白米飯，這種吃法上的變化也導致「日式拉麵」越來越油也越鹹，結果叫老遠來東京想要嚐地道日式「拉麵」的前輩夫婦失望。

我作為地主老東京人有點覺得過意不去。不過，日本人和華人歷來對「拉麵」有各自的幻想，而就因為是幻想，猶如三面鏡裡的景色一樣，無論多麼迷人，想抓也永遠抓不住的。

餅與麵

日本人深信只有大米、麵包和麵條才可以擔當主食。即使同樣是麵食，形狀稍微不同，就只能當菜餚了。

日文的「餅」是臺灣的「麻糬」也就是中文的「年糕」，只是日文的「餅」和中文的「年糕」做法不一樣。

日文裡沒有「糕」字，所以日本人看「年糕」兩個字也不知道到底是什麼東西。不過，日本有類似「年糕」的甜品叫「外郎」，尤其名古屋的「青柳外郎」聞名於世。我小時候經常在電視上看到廣告說：「白黑抹茶小豆咖啡柚子櫻花，青柳外郎嚐嚐了。」所列舉的是不同口味的糕點。

類似「年糕」的甜品為什麼叫「外郎」呢？查一查，果然是中國元朝末年的禮部員外郎陳宗敬傳到日本來的。陳宗敬給日本引進的東西至少有兩個：一個是類似「年糕」的「外郎」，另一個是消去異臭的中藥「透頂香」，異名亦為「外郎」，至今在神奈川縣小田原市有「株式會社外郎」出售著兩樣「外郎」。據該公司主頁，果然是陳宗敬的子孫至今仍經營的。

做「年糕」用的糯米對日本人來說並不陌生，畢竟是「餅」的原料。可是，當我第一次在上海朋友家吃到炒年糕的時候，腦袋裡是需要調整的。「餅」是主食，怎麼可以放在炒菜裡？後來發覺，上海街頭到處都有賣「排骨年糕」，像跟英國人喜歡吃的「炸魚薯條」（fish and chips）一樣是分不開的拍檔。「排骨年糕」中的「年糕」好比是「炸魚薯條」中的「薯條」，擔當著主食的角色，這樣子對日本人來說較容易接受。

我在大學課堂上給日本學生講：「中文的『餅』不是糯米做的，而是麵粉加水揉成的團加熱而做的。例如：餅乾、春餅、日本的『御好燒』等都算是『餅』的一種。」於是讀到中文維基百科全書說：「餅在中文中被用來指很多種形狀扁平的食品」這樣的解釋，有點難以接受了。不是用麵粉做的才稱得上「餅」嗎？再看看維基百科舉的例子：蛋餅、煎餅、月餅、牛舌餅、蔥油餅、餡餅，還不都是用麵粉做的？

跟學生們看臺灣電影《練習曲》，主角明明在環島路上碰到電影攝影組跟他們一起去食堂吃「蛋餅」，日文字幕卻翻譯成「玉子餅」，令東瀛學子們聯想到熱騰騰的「麻糬」中間夾了蛋黃奶油的甜品。老師給他們解釋說：「不是甜品，是一般當早飯吃的鹹點，也不是暄騰騰，而是臺灣人好像喜歡煎成脆脆的吃。」學子們回我以埋怨的視線，因為他們美好的聯想給破壞了。

中文「麵」字在日本人腦海裡造成的誤會，也不比「餅」字小。因為日文裡「麵」字一般就指「麵條」，有時更指不是麵粉做的「條」，如米粉、粉絲。日本有一本書叫《麵的文化史》，是著名文化人類學者石毛直道在日本、朝鮮、蒙古、絲綢之路、西藏、東南亞以及義大利等地調查當地「麵」的報告。好令人期待的一本書，可是一開始作者就把「麵」定義為：用穀物粉做的條狀食品。果然是排除掉不同形狀的麵點了。拜託！

可見，叫日本人接受中文「麵」字可以包容非條狀的小麥食品，如包子、餃子等，多麼不容易。日本人深信只有大米、麵包和麵條才可以擔當主食。即使同樣是麵食，形狀稍微不同，就只能當菜餚了。所以，家裡包的餃子，媽媽在平底鍋裡煎好了，就跟白米飯、味噌湯一起上桌，也沒人覺得不對頭。日本人一直偏愛「燒餃子」（鍋貼）而不大接受「水餃子」，也是因為鍋貼配上白米飯更適合。

自從二十世紀七〇年代起，義大利菜的流行使日本人慢慢明白：各種義大利麵食，例如披薩餅、寬條麵、通心麵、貝殼麵等均是主食，所以做了一盤通心麵後，無須打開電鍋盛飯了。現在，很少有日本人把肉醬義大利麵當菜餚配白米飯吃。儘管如此，叫他們理解餃子也是麵食，可以單獨吃，談何容易。其實，餃子皮是主食，餃子餡是菜餚，它是一種完美食品，無須打開電鍋盛飯，行不行啊？

烏賊的名字

上次臺灣出版社同仁來東京，大家一同到我家吃壽司的時候，我趁機問起了：這白色的魚肉，妳們叫什麼呢？是烏賊？魷魚？花枝？中卷？不會是透抽、小管吧？

小時候聽說，愛斯基摩語關於雪的詞彙特別豐富，至今印象仍好深刻。據說，因為愛斯基摩人整年都看著雪生活，所以由他們看來，雪絕不僅一種而已，有大的、小的、乾的、濕的、秋天的、春天的、笑的、哭的……總共好幾十種。很可惜，我一直沒機會去北極圈學愛斯基摩語。有一次，跟英國作家談美食，發覺在他們的語言裡，指海藻的名詞只有一個「sea weed」即「海中雜草」。我就想不通：怎麼可以把海苔、昆布、裙帶菜、羊栖菜、洋菜、海蘊等等多種食材，都用「海中雜草」那麼雜駁的詞兒來統稱呢？難免感到深刻的文化震撼了。

我本來以為，日本人是吃海鮮維生的民族，對魚類的知識，關於魚類的詞彙量，該不亞於其他民族了。從前，我剛開始學中文的時候，留學去的中國，因為是大陸國家，人們海鮮吃得不多。北京雖然離天津港口只有一百五十公里，當年市面上看到海魚的機會遠比看到駱駝的機會少。幾乎唯一的例外是魷魚。即使在北京，魷魚算是常見的食材，該是冷凍保存的緣故。

魷魚或者槍魷魚，翻成日文是「鯣烏賊」（するめいか），也就是最普通種類的烏賊。對日本人來說，生的、白灼的、油炸的、跟蘿蔔或芋頭等紅燒的、弄乾的，都屬於家常便飯之列。日文的「烏賊」（いか）一詞是對中文魷魚和墨魚的統稱，要細分的時候，才把前者叫做槍烏賊、赤烏賊、白烏賊等，把後者則叫做甲烏賊、障泥烏賊等。

令人糊塗的是「鯣烏賊」一詞，一方面指普通種類的魷魚，另一方面也指既扁又硬的「乾烏賊」。日本人說「鯣」（するめ），一般就指把「乾烏賊」烤起來後撕成條狀沾著美乃滋吃的下酒菜。有一次，我聽說，臺灣澎湖島有「乾章魚」，自行翻成日文說了「蛸的鯣」（たこのするめ），馬上被人糾正道：「『蛸』是章魚，『鯣』是烏賊，一個八條腿，一個十條腿，明明是兩回事，妳怎麼可以說是『蛸的鯣』呢?!」。

後來開始去臺灣遊覽，發現寶島人吃烏賊的勢頭比日本人還厲害。英文旅遊指南書《Lonely Planet》，甚至提醒讀者：要旅遊去東臺灣，先做好早飯都吃烏賊的心理準備為佳。真有那麼嚴重嗎？

我則發覺：臺灣旅遊點常賣的烤魷魚，比日本的「燒烏賊」（やきいか）好吃。過去，孩子們還小的時候，若想在夜市坐下來喝啤酒，就先點一盤「花枝丸」即可，小朋友們吃到「烏賊團子」一定挺高興的。要是去了臺北迪化街那樣有南北貨店的地方，則買包鹽醃「小卷」，可以帶回日本後慢慢消費；那該是很小的魷魚，所以才叫做「小卷」，我還記得在宜蘭南方澳港口的海鮮餐館，吃白灼魷魚的時候，人家也稱之為「中卷」的；該是那種魷魚不大不小所致吧？另外，臺灣人說的透抽、小管又是怎麼回事呢？

總之，臺灣人對不同種烏賊的稱呼，在我腦子裡，形成了越來越大的謎。於是上次臺灣出版社同仁來東京，大家一同到我家吃壽司的時候，我趁機問起了：這白色的魚肉，妳們叫什麼呢？是烏賊？魷魚？花枝？中卷？不會是透抽、小管吧？

結果，五位編輯都馬上拿出智慧型手機來查看圖片。果然，臺灣人，尤其是做文字工作的編輯都不是完全清楚不同種烏賊的名稱呢。其實那也沒有什麼奇怪的，你試問日本人那到底是烏賊？還是鰑？對方肯定也要拿出智慧型手機來了。

陸

在影片和影片間找對話

—

中文陪我欣賞電影

《冬冬的假期》與《龍貓》

成功的藝術作品超越國境和時代。日本學生們靠字幕觀看《冬冬的假期》《魔法阿嬤》《一一》，都說跟《龍貓》一樣喜歡，向各位導演致敬。

跟日本大學生一起看侯孝賢導演的老作品《冬冬的假期》（一九八四），大家異口同聲地說「好像在哪兒看過似的」。於是第二週給他們放宮崎駿拍的經典動畫片《龍貓》（一九八八），同學們都驚訝地叫喊：「怪不得兩部影片這麼相似！」

侯導作品的主人翁是冬冬、婷婷兩兄妹，到宮崎作品裡則是兩姊妹了。他們都由於母親生病住院，非得去鄉下住一段日子，住的是日本昭和初期曾流行的「文化住宅」即和洋折中建築，在那原始樸素的環境裡，小朋友們遇到一連串的怪現象。其中，在《冬冬》裡楊麗音飾演的瘋女人寒子之形象，年輕學生們乍看時不大理解；當宮崎動畫的主題角色，跟寒子一樣老打著雨傘登場的時候，他們忽然想通說：「啊，苗栗銅鑼田園裡的瘋女，原來和善良的妖怪龍貓一樣，保護著一時脫離母親懷抱的孩子們呢！」我叫他們注意：《冬冬》比《龍貓》早四年完成，很有可能是宮崎駿看過《冬冬》受到啟發，才想出《龍貓》來的。

資深影迷都知道，影片和影片之間，經常發生這樣的對話，或說致敬吧。於是在王小棣導演一九九八年的動畫作品《魔法阿嬤》裡，由於父親在外國受傷住院，被送到阿嬤家去的小朋友豆豆，剛到基隆山上老房子時看見的「會說話的蘑菇」，樣子頗像在《龍貓》的開頭，兩姊妹看見的煤炭球，也根本不足為怪了。反正，豆豆的夢裡也出現彷彿日本《美少女戰士》以及美國《阿拉丁》的角色，該說是王導對動畫界前輩的公開致敬。

拿兩部臺灣片跟《龍貓》比較起來，明顯不同的是，《龍貓》的故事設定於已過去的年代（一九五〇年代），要帶領觀眾穿越到令人懷念的農業社會去。《冬冬》和《阿嬤》的結構則不同，並不發生時間上的穿越，卻通過空間上的稍微移動，平時住在現代化臺北的小朋友們，被扔進陌生的環境裡，逐漸發現他們母系祖先的臺灣文化根基。也就是，他們經驗了文化穿越。表面上看來，《冬冬的假期》顯得很平淡，然而再仔細看就會發現，其實整個故事都發生在農曆鬼月，兄妹的母親病危、寒子流產等重要事件，更全集中在中元普渡那一天，以鞭炮爆發的聲音為背景。《冬冬》讓觀眾模糊地感到不安，到了動畫《魔法阿嬤》裡，以具體的餓鬼形象出現，讓日本大學生都看得很清楚。

說到臺灣電影之間的相互致敬，就不能不提楊德昌導演的遺作《一一》（二〇〇〇）了。主人翁洋洋的姊姊名字跟冬冬的妹妹一樣是婷婷，她跟侯導《童年往事》裡的阿哈姊姊一樣老穿著中學的制服，而且是後者嚮往不已的小綠綠。《一一》裡的婷婷跟李安《飲食男女》中的家寧一樣和朋友的男朋友約會，而家寧的男朋友喜歡攝影，就跟小藝術家洋洋如出一轍，不過他拍照的對象是病倒後長期住院的婆婆。洋洋的婆婆在影片開頭中風昏迷，最後跟阿哈的祖母一樣，家裡沒人看護的情況下孤獨地斷氣，給子孫們斷絕了回大陸老家的途徑，而那兩個老太太竟都由唐如韞飾演。

成功的藝術作品超越國境和時代。日本學生們靠字幕觀看《冬冬的假期》《魔法阿嬤》《一一》，都說跟《龍貓》一樣喜歡，向各位導演致敬。

《搭錯車》與《龍的傳人》

我會唱〈酒矸倘賣嘸〉〈橄欖樹〉〈怎麼說〉〈龍的傳人〉〈明天會更好〉，不是因為在臺灣住過，而是因為在大陸念過書。別人拿到了學位，我則學到了幾首歌。

有一批臺灣電影學者來日本訪問。我也被叫到宴會上去，看看人家的臉孔，似乎都屬於一九五〇、六〇年代出生的一代。為了表示歡迎，我就自然唱起了「多麼熟悉的聲音……」即臺灣老電影《搭錯車》的插曲〈酒矸倘賣嘸〉。

唱老歌掀動起預想不到的機制來：剛唱完一首，聽到眾客人的喝采聲，下一首歌不經思考就自動湧到嘴邊來。「不要問我從哪裡來……」果然是三毛填詞的校園歌曲名作〈橄欖樹〉。這首歌大家合唱，直唱到最後一段「為……了……我夢中的橄欖樹」，有人馬上催促「來首鄧麗君的！」好啊，沒有問題。於是我又唱起「我沒忘記，你忘記我……」〈你怎麼說〉來了。

就那樣，當晚我連續唱了好幾首老歌。最後有位教授問我：「看來妳在臺灣住過很久吧？」當我回答「沒有，我從來沒住過臺灣」的時候，大家都目瞪口呆。說起來，連我自己都覺得很奇怪，那些臺灣老歌，我竟然全都是在中國大陸學的，而且是在臺灣還沒有解嚴之前，也在兩岸之間，不用說三通，連一通都沒有實現的一九八〇年代中葉。

我是一九八四年九月到北京外國語學院的。剛到北京的一段時間裡，還沒有交到當地朋友，可是整天跟同房的日本學生在一起也沒什麼意思，於是開始與同住留學生樓的其他國家學生來往。我最初認識的是幾個北朝鮮同學。他們穿著國家配給的草綠色制服，胸前別著金日成即金正恩爺爺的紀念章，房間牆上都一定掛著金日成肖像。就是在那張金日成肖像下，兩個北朝鮮同學教了我「北京最流行的一首歌」。那就是「遙遠的東方有一條江……」，即〈龍的傳人〉。他們還告訴我說：「這是一個臺灣人寫的歌。他的名字叫侯德健。」原來，侯德健是前一年的六月四日從臺灣投奔大陸的。那悲壯的歌詞和旋律好吸引人，何況我們都有「黑眼睛、黑頭髮、黃皮膚」。

翻翻上海出版的《臺灣電影三十年》一書，編者宋子文寫道：當時許多大陸人已經看過電影《龍的傳人》（一九八一年，李行導演），也看過《搭錯車》（一九八三年，虞戡平導演）、《老莫的第二個春天》（一九八四年，李祐寧導演）、《汪洋中的一條船》（一九七八年，李行導演）等臺灣電影。我自己身為留學生，當年在中國大陸，沒有看過臺灣影片的記憶。至於臺灣流行歌曲，卻聽得、學得、唱得都不少。例如，蘇芮唱的《搭錯車》插曲，除了〈酒矸倘賣嘸〉以外，還有〈是否〉〈一樣的月光〉〈請跟我來〉等，我至今都能夠輕鬆背出來。當年忘了在哪裡買的一卷蘇芮的卡帶，可以說是我初學中文時期的主要教材之一。

好不容易去了中國大陸留學，怎麼沒有好好學當地歌曲呢？不，不，不是這樣子。當年我真的以為〈新鞋子舊鞋子〉是中國歌曲，猶如中央人民廣播電臺每天傍晚播送的兒童節目〈小喇叭〉一樣純屬中國製造的。後來，我在北京交上的朋友們，是「不倒翁」樂隊的丁武、李力他們。丁武那個人好逗的，專門教我〈大海航行靠舵手〉等文化大革命歌曲。李力則喜歡唱「某年某月的某一天」，即蔡琴的〈恰似你的溫柔〉，又是一首臺灣歌曲。當時他們還沒有真正搞起搖滾樂來，仍在練日本的動物電影《狐狸的故事》之主題曲什麼的。過一年，我轉到廣州中山大學去了。晚上開收音機，收聽到的香港商業電臺廣播節目裡，天天都放著〈明天會更好〉。想來想去，那兩年在中國大陸念書，我學會的當地歌曲，除了已經過時的文革歌曲以外，好像真的只有一首〈十五的月亮〉。

初學外語時學會的歌兒，好比是幼年唱的兒歌，過了多少年都不會忘記，猶如在《海角七號》裡，茂伯老唱著日文的〈野玫瑰〉。有一個原因，是那些歌曲，後來在不同的地方，不同的情況下，唱過好多遍。比方說〈龍的傳人〉，我跟大家一樣，北京天安門事件發生後不久，從一九八九年的夏天到秋天，在數不清的遊行集會上，不知唱過了多少次。儘管如此，我終於有機會看影片《龍的傳人》是二十多年以後的事情。曾經國民黨下屬的臺灣中央電影公司，於民進黨執政時期的二〇〇五年，根據「黨、政、軍退出媒體」政策變成民營企業，二〇〇六年宣布製片廠停止營運。好在後來中影把許多老片子以DVD形式出版，讓影迷接觸到過去的優秀作品。其中果然有《龍的傳人》。

需要指出的是，在華語電影史上，有兩部叫《龍的傳人》的作品。在網路上檢索，排在上面的是一九九一年的香港電影（李修賢導演，周星馳主演）。我在這裡談的倒是一九八一年的臺灣作品（李行執導），以侯德健一九七八年創作的同名歌曲為主題曲。男女主要演員是當年中影「健康寫實電影」的老搭檔：林鳳嬌、秦漢、鍾鎮濤、蘇明明。另外，後年在李安的父親三部曲裡當父親的郎雄、以及臺灣新電影早期的名作《小畢的故事》中父親角色的崔福生也參與演出。

《龍的傳人》跟其他「健康寫實電影」以及後來的新電影作品都非常不同，是一部特別明顯的政策宣傳片。影片開頭就出現輪轉印刷機高速運作的鏡頭，正在印刷的頭條新聞是美國跟中華民國斷交的消息。跟著出現電視新聞節目一般的鏡頭，記者問行人對臺美斷交有什麼看法。面臨外交危機，臺灣各界發起簽名、捐款等政治活動來。這個時候，街上有個白人小伙子帶著兩個臺灣姑娘蹓躂，被臺灣青年怒目而視之後，拿出來的牌子上居然寫著：我是澳洲人。猜猜飾演這個調皮老外的是何許人？竟然是後年拍王家衛作品的大攝影師杜可風！

事後三十多年看《龍的傳人》，不容易理解為什麼鍾鎮濤飾演的范錦濤和蘇明明飾演的張淑都要放棄出國留學的計畫，而非得組織合唱團到鄉下去巡演（當時二十四歲的侯德健就飾演為合唱團提供歌曲的「老侯」）。不過，當時的電影觀眾是對一九六〇年代曾燃燒半個地球的學生運動記憶猶新的，再說發祥於美國的民歌運動也有讓青少年表達政治思想、發洩政治情緒的功用。當面臨外交危機之際，如果有為的年輕人紛紛出國不回來的話，這個政權會失去凝固社會的力量。於是，電影鼓勵臺灣年輕人留在島上，並去鄉下唱歌。不僅如此，連國民黨遷臺以後的三十年一直坐在辦公室裡的兩個農業研究員（范錦濤和張淑的父親），也在從國外回來的有為青年上司（秦漢飾演的林朝興）的安排下，往臺灣各地的農村出發，考察考察鄉下現狀，結果感覺自己變得年輕，恢復了活力。可見，走訪鄉下是關心中華民國命運的具體表現，因為當時的臺灣就是沒有其他出路。

一般認為，標榜本土意識的臺灣新電影以一九八二年的中影作品《光陰的故事》為起點。早一年完成的《龍的傳人》清楚地表示：國民黨政權在外交角力上失敗以後，有必要把臺灣民眾的注意力從外交空間轉移到島內現實來。看來，充滿鄉土情懷的新電影，也是同樣政治土壤產生的果實。不過，《龍的傳人》最令人好奇的問題是：一九八三年的大陸觀眾究竟是在什麼語境裡看了這部電影呢？影片最後，男女主角全家人都攜手同去人潮滾滾的總統府廣場，為的是觀看元旦升旗儀式，以示對國民黨政權的忠誠。儀式上要升的當然是青天白日滿地紅的中華民國國旗了。在一九八三年的大陸銀幕上，飄揚了青天白日滿地紅旗嗎？

跟特定的政治氣候下誕生的《龍的傳人》相比，《搭錯車》則更像格林兄弟一般的童話，因而具備普遍性。撿廢物維生的啞巴叔叔一手養大了孤女以後，被成了著名歌手的養女離棄。這樣的故事大概搬到哪個時代，什麼地方都可以成立。只是《搭錯車》的主角不是一般的啞巴，而是從大陸撤退過了海峽的國民黨老兵。所以他在臺灣是名副其實的天涯孤客，直到晚年都偶爾在夢裡回到大陸戰場去。

啞叔住的臺北貧民區，其實就是眷村，男人都是講普通話的外省退役兵，他們的老婆則是講閩南話的臺灣本省人。臺灣經濟高速成長的年代，國民黨政府要把眷村的違章建築拆掉，說是給補助也提供新房子，但是老居民都不願意失去原有的生活，即使那是用空瓶子（即「酒矸」）搭起來的小棚裡過著最樸素的生活。政府雇用的建築工人把啞叔他們的房子強制拆掉的場面，活像是二、三十年後在海峽對岸的大陸發生的情況，令人頗有三十年河東三十年河西的感慨。在《搭錯車》裡飾演啞叔，獲得第二十屆金馬獎最佳男主角獎的孫越，本人就是少年考進中國青年軍，一九四九年隨軍到臺灣，加入裝甲兵劇團開始了演藝生活的老兵。他在《老莫的第二個春天》《兩個油漆匠》等作品裡也演老兵，果然特有真實感。

我會唱〈酒矸倘賣嘸〉〈橄欖樹〉〈怎麼說〉〈龍的傳人〉〈明天會更好〉，不是因為在臺灣住過，而是因為在大陸念過書。留學會有各種各樣的成果。別人拿到了學位，我則學到了幾首歌。自我感覺一點也不差呢。

《珈琲時光》的女優們

《珈琲時光》的女主角和女配角，侯導都選擇了臺日混血演員擔當。她們家族的故事，在電影公映的大約十年後，陸續通過不同的管道公開於世。

二〇〇四年，侯孝賢導演為紀念小津安二郎導演出生一百週年，受日本「松竹映畫」公司以及贊助商「朝日新聞」之託拍了《珈琲時光》。這乍看像純粹日本作品的影片，實際上充滿著臺灣因素。

比如說，飾演女主角井上陽子的創作歌手一青窈乃日治時期「臺灣五大家族」之一基隆顏家後代跟日本妻子生的女兒。她姊姊一青妙在《我的箱子》（臺灣二〇一三年三月出版）

一書裡詳細交代了她們的家世。至於飾演女主角繼母的余貴美子，因為姓余，大家應該早就猜想是華僑或者華裔了吧。但是，關於詳細的家族歷史，直到二〇一二年十月，日本NHK電視臺《Family History》節目的採訪小組做過越洋調查，連她本人才第一次知道的。

余貴美子的祖父，一八九五年出生在臺灣桃園中壢，一九三二年移居日本圖發展。她父親則從小在日本長大，畢業於明治大學，娶了個日本舞蹈的專家。在《Family History》節目裡露面的余媽媽，穿著高級和服，比普通日本人還要日本人的樣子。她那打扮與舉止，和漢人姓氏呈強烈對比，令人印象特別深刻。

如今在日本娛樂圈，作為資深配角演員頗有名氣的余貴美子，一九五六年在日本出生，七六年加盟自由劇場。記得一九八〇年，我去東京六本木的自由劇場，觀賞了爵士樂歌舞劇《上海Vance King》。當時的自由劇場是名副其實的小劇場，也是地下劇場，位於一棟小樓的地下室，只能容納一百人左右。節目名稱中的「Vance」是英文「advance」即預支工資的縮寫，「Vance King」則指當年在上海租界，愛玩會花錢，始終跟東家借錢的日本爵士樂手們，也就是「預支王」。戲中余貴美子飾演了小號手松本的中國籍媳婦莉莉，舞臺上那可愛的姿態令人至今難忘。後來我才得知，我小時候的偶像，電視劇《青春火花》中飾演黑人女排選手的范文雀是她表姊。

一九九〇年代起，余貴美子往電影、電視劇發展，二〇〇八年以《送行者：禮儀師的樂章》中的演技獲得日本電影金像獎最佳女配角獎。雖然有一半的日本血統，而且生長在日本，但是她不僅保持世代相傳的漢人姓氏，也沒有入日本國籍，一直是拿著「外國人登錄證」生活過來的。她知道祖父母都來自臺灣，父親在世的時候，還經常往來臺日兩地。不過，在她的「外國人登錄證」上寫的國籍是「中國」，籍貫則是「廣東省鎮平村」。那究竟是什麼樣的地方，貴美子和母親都一無所知。

於是NHK節目的記者替她們去臺灣中壢市訪問余家宗親會，才瞭解到：余家祖先是大約兩百年以前從中國廣東省梅縣移居臺灣的客家人，也就是侯孝賢的同鄉了。當年的鎮平村現在改稱官坪村。NHK記者也去余家在大陸的故鄉，果然那裡有余家的親戚，他們管理著靈堂以及家譜。打開厚厚的家譜，他們發現余貴美子的祖父和父親的名字都寫在上面。當家的人說：就是兩百年前的大洪水逼迫一部分余家人遷移到臺灣和印尼去的，老家人始終歡迎住在海外的余家成員回來祭拜祖先。在日本，大多數家庭都沒有家譜。相比之下，漢人文化中家庭觀念之強令人驚訝。在錄影帶裡看到了在中國的遠親，余貴美子目瞪口呆，說不出話的樣子，就是過於驚訝導致的。

《珈琲時光》的女主角和女配角，侯導都選擇了臺日混血演員擔當。她們家族的故事，在電影公映的大約十年後，陸續通過不同的管道公開於世。不知都在侯導預料之中，還是完全出乎其外？

新加坡電影與李光耀

講母語，看母語電影，世界上很多人以為是理所當然再自然不過的事情。其實並不然。當一個語言受到壓迫的時候，自然不能用那語言去提出抗議，結果外人聽不到在那社會裡發生了什麼。

我平生第一次看的新加坡電影是陳哲藝導演二〇一三年的作品《爸媽不在家》，但我原來以為那是臺灣影片。聽說在金馬獎上有個年輕導演的作品獲得了獎賞，匆匆通過博客來訂購，開始看了之後，我還相信那是一部臺灣片。只是覺得有點兒奇怪：怎麼登場人物講這麼多英語？臺灣家庭也開始請菲律賓籍保母了？另外，在畫面裡，有關傳統文化如拜拜等的描述也缺著席，令人稍微詫異是怎麼回事？然後，當小朋友主人翁家樂在學校禮堂的舞臺上，當眾被鞭打屁股，而且給他判決的校長居然是印度人的時候，我終於明白：不是了，不是了，這不是臺灣電影，該是新加坡電影了！

在坎城獲得新人獎的作品，果然很有看頭。作品以一九九七年亞洲金融危機時的新加坡為背景，本來當推銷員的父親失業，正懷第二胎的母親則被勵志教材公司騙錢，由菲律賓籍保母照顧的家樂在學校裡外到處惹禍。外籍保母和華人小孩之間，逐漸培養起感情來，做媽媽的感到自己的地位受到威脅。最後，由於家裡的錢實在不夠了，只好叫保母回國。據說，這部影片是根據陳導演親身經驗改編的，而對不少新加坡男性來講，跟保母的別離造成相當嚴重的心理創傷，搞不好會留下終生的感情缺憾。

然後，二〇一六年的春天，我去新加坡參加文學四月天活動。事前還以為，從《爸媽不在家》的背景一九九七年至今，變化應該不會很大吧？但是，飛機抵達以後馬上發覺：大錯特錯，新加坡過去十幾年來的變化實在很大，它已經在時間軸上超前日本，簡直成為一座未來城市，而未來城市的居民們也顯得比家樂父母富裕瀟灑。我感到好奇：新加坡人的生活究竟是什麼樣子？

雖說是五天四夜的演講行，能通過一趟旅行學到的事情可不少。尤其是新加坡複雜的語言生活，特別刺激我的好奇心。有人向我推薦看當地最著名的導演梁智強拍的影片。《小孩不笨》《孩子不壞》等片名很容易記住。於是我回到東京以後，又匆匆通過臺灣博客來以及香港yes.asia購買了《小孩不笨》《小孩不笨2》《孩子不壞》《錢不夠用2》《笑著回家》等好幾部光碟，用電腦播放：哎喲，太有意思了！

最初看的《孩子不壞》是二〇一二年的作品。主角偉傑是個大專學生，據光碟的影片介紹是「成績中等」。但實際上他是升學競爭的失敗者，他同學們都知道自己一輩子沒得出息了。難道在新加坡，只有少數菁英是成功者，其他多數人都是失敗者嗎？那些年輕人的造型讓我刮目相看，因為實在很像日本的同代人。偉傑妹妹與她周圍的中學女生們彼此用手機欺凌的樣子，也跟日本那年紀的小女孩們很像。再說，偉傑一個朋友的母親，我看著都不得不承認太像我自己了。

這究竟是怎麼一回事？所謂全球化，竟然不是說說而已，我們的現實就是跨越國境，彼此這麼相像了？顯而易見，梁智強導演特會觀察、理解並在銀幕上重現人們的現實生活。他也非常會從小孩子的角度看父母、社會。所以，我看了都不由得被迫反省自己對待孩子的態度。哎，可改善的餘地實在很大。同時，我也注意到，《小孩不笨》《小孩不笨2》《錢不夠用2》等梁導的作品，呈現出來的當地語言狀況，比我之前想像的要複雜多了。社會上、學校裡、家庭成員之間，新加坡華人用來溝通的語言有：英語、華語、福建話等方言。在學校，華人校長說英語，可是人家的華文程度不一定很高，因為在當地，英語好的學生才能被選拔出來當上社會菁英。所以，勢利眼的家長們以及學生們自然都重視英語。反之，大家認為辛辛苦苦地學華文，有什麼用？至於影片裡學校的華文老師，往往說著很標準的普通話，應該是近年從中國大陸請過來的。

那麼，總體而言，新加坡社會到底是怎樣看待華文呢？答案好像是很矛盾的。自認沒出息的藍領階級，不僅英文不好，而且華文程度也不高。也不奇怪，因為在新加坡的教育制度下，只有英文很好的學生才能去讀高級華文，如果英文成績不好，政府就給你免除讀華文。結果呢，英文不好的學生注定華文也不好，即使喜歡華文也得不到機會學習。所以，在《孩子不壞》裡，偉傑和他同學們被捲入販毒案件，當收到用華文寫著線索的字條之際，彼此推給對方說「我的華文不好」「我沒有通過華文考試」等。果然「成績中等」的大專生們竟然不會看別人用手寫的華文句子。還有，在《小孩不笨2》裡，主角湯姆的高中同學父親，做了一輩子的體力勞動，時常自卑地說「老子的華文不好」，至於英文更不必說了。新加坡多數人真正的母語是福建話、潮州話、海南話等華南方言，距離以北京話為基礎的普通話即新加坡所謂的華文相當遠，所以大家覺得學華文難是情有可原的。

在一個語言能力決定一切的社會體制下，最高層的菁英們被政府機關派去英國讀牛津、劍橋，能徹底擺脫新加坡口音就被人看得起。可是，成功的假洋鬼子永遠比不上真正的洋鬼子。在《錢不夠用2》裡面就出現，盲目地崇拜外來白種人而小看當地人才的社會弊病，顯然是殖民統治的後遺症。為推銷春節吃的肉乾，老外廣告總監設計的包裝居然用了不吉利的黑色，當地設計師則推出形狀像口香糖的紅色包裝，結果大賣特賣。這則插話，也明顯諷刺新加坡政府禁止口香糖的政策。

其實，在梁智強的電影裡，經常有對白諷刺政府之語言政策的。比如說，在《錢不夠用2》裡，孩子們為年老的阿嬤簽訂轉播港臺粵語、臺語節目的有線電視臺。阿嬤不懂有線電視這回事，於是高高興興地說「政府終於想通了。太好了！」可見，一九七九年起李光耀政府推行的「華人說華語」運動中，說福建話等方言的廣播、電視節目統統都遭取消，多麼殘酷地奪走了那些只懂方言不懂華文的老一輩的生活樂趣。

梁智強電影描繪新加坡人的現實生活，尤其是極其複雜的語言生活，是看書本看網站都很難知道個究竟的。看了他電影以後，我才開始明白大概是怎麼回事了。強勢政府強迫國民去學習官方語言，同時或多或少剝奪母語的情形，在很多地方都發生過。例如，臺灣人在日治之下被迫學日語，在國民黨統治下又被迫學中文，奪回閩南話等母語是相對近年的事情。新加坡獨特的地方在於：它是遠離中國，位於南洋伊斯蘭國家中的華人國家，於是採用英語為官方語言，以示「跟中國劃清界線」，有政治現實上的需要。另外，英國人從東南亞撤退之後，由華人建國而要以貿易起家的新加坡，非學好英文就很難生存下去。再說，面積和人口規模都很小，結果政府帶領的「社會工程」可行度很高，而且該說取得的成績相當可觀。

新加坡國父李光耀是一九二三年出生在英國殖民地新加坡的海峽華人。根據《李光耀回憶錄：我一生的挑戰——新加坡雙語之路》一書，他是第四代的中國移民。曾祖父是廣東省出身的客家人，在新加坡出生的祖父與父母都講英語，祖母則講爪哇語和馬來語（她該是土著），李光耀兒時一起生活的外祖父講英語和馬來語（他也該是土著），外祖母講客家話、爪哇話和馬來語（大概是華人和土著的混血）。看來，他雖然有父系的華人血統，但是父母都有至少一半的土著血統，而在小時候的生活中沒有人講華語。果然他自己都說是「來自講英語和峇峇馬來語（華人和土著之混血用的語言）的家庭」。

在外祖母和母親的極力推動下，李光耀從小學就讀用英語教學的萊佛士書院，即當地首屈一指的名校。經過日軍占領時期，戰後從一九四六年到一九五〇年，他去英國留學，得到律師資格後回到新加坡。他寫道：在倫敦的中國協會，跟來自世界各地的華人打交道，才意識到不懂華文則吃文化虧；還有一次去瑞士旅遊，酒店前檯的工作人員不知道新加坡也不知道馬來亞，就把他登記為中國人。這些經驗讓他感覺到，自己在身分認同上「兩頭不到岸」，即被別人視為中國人但其實不會華文也不懂中國文化，搞不好就淪落為「誰都不是」了。於是被迫找回華人的自覺，李光耀回到新加坡以後開始學華文、華語，成為一個「a born-again Chinese」（重新誕生的華人）。

以突出的語言能力和意志力，李光耀學會了華文，也把兒女都培養為雙語人士。然而，向兩、三百萬國民要求跟自己家人一樣的刻苦勤學，自然會有不少人吃不消。於是教育當局降低了華文教學水平的結果，豈料導致了一群新加坡人淹沒於「兩頭不到岸」的語言鴻溝。其實，李光耀和多數新加坡華人的區別在於：他沒有在福建話、潮州話等華南方言環境裡長大。據一項調查，一九七九年推行「華人講華語」運動之前，大約八成新加坡華人會聽會說福建話。也就是，新加坡政府剝奪了那麼多華人之母語的同時，硬說「華人的母語該是華語」。李光耀自己在沒有母語的環境裡長大，自然也沒有被剝奪母語的經驗。所以，他恐怕無法理解為何人民對「華人講華語」政策抵抗得那麼強烈。

關於李光耀對雙語政策的想法，我們能夠從他著作知道。至於那政策對平民生活有了什麼樣的影響，李慧敏寫的《新加坡，原來如此！一個成長在李光耀時代的公民真心告白》一書描寫得非常生動。她是一九七〇年代出生的新加坡人，小時候住的公寓裡，被鄰居稱為「客家妹」，周遭有講福建話、廣東話、海南話等不同方言的叔叔阿姨。對他們來說，電臺、電視臺的方言節目是生活中很重要的娛樂來源。可是，一九七九年開始了「華人講華語」運動以後，方言節目一個接一個地停播，最後連香港電視劇裡的周潤發都講起華語來，叫聽不懂華語的老人家們非常難過；用李慧敏的說法，老人家的尊嚴就那樣被剝奪了。施行了三十多年的「華人講華語」以後，年輕一代新加坡人當中會說華語的人確實增加了，然而他們跟爺爺奶奶之間卻沒有了共同語言。政府推行母語教育的目的之一，是通過母語叫年輕一代繼承東方傳統的價值觀念。實際上，「華人講華語」政策不僅破壞了傳統的家庭關係，也破壞了年輕一代新加坡人跟祖父母學習傳統文化的管道。

為《新加坡，原來如此！》一書寫序文的蔡志禮博士是當地著名的作家。我在新加坡有幸跟他一起上臺討論中文寫作的經驗。當時，我還不知道其實他是李光耀最後一名華文老師，也是位非常有見地的社會語言學家。蔡博士不僅給予對政府持有批判意見的李慧敏有高度評價，而且曾經在當地《聯合早報》上極力推薦過當地另一個著名導演陳子謙拍的娛樂作品《八八一木瓜姊妹花》。當有人質問：「為什麼大學教授稱讚低俗的歌臺文化？」他斷然回答說：「連一根花草都不能允許存在，聞名於世的花園城市還能活下去嗎？雙語人士們雖然獲得了語言資本，同時失去了重要的文化遺產。我本人是潮州人，但我的潮語不完整，對潮州文化的掌握也只是表面上的。」把問題看得這麼清楚的社會語言學專家，在新加坡身體力行華文寫作，所需要的膽量到底有多大呀，我要給他按一百次讚了。

看了《八八一木瓜姊妹花》，我才得知，翻身為未來城市之前的新加坡，曾是土裡土氣的南洋福建人小村，猶如二十世紀後半葉經濟高速發達以前的香港，基本上猶如土裡土氣的廣東人漁村在大英帝國的框架下存在一樣。以福建人為主的新加坡，一方面則像臺灣，《八八一》的背景即農曆七月街頭出現的歌臺，也跟臺灣葬禮上出現的電子花車很相似。香港雖然從英國殖民地變成了中國的特別行政區，當地庶民的生活語言一直以廣東話為主；最近北京政府的影響力日趨增大，才出現預想未來的當地電影《十年》裡，廣東話即將被普通話取代的恐怖畫面。臺灣則隨著一九八〇年代以後的民主化和政權輪替，閩南話、客家話、原住民語言等當地語言一步一步被恢復，經過相互交融逐漸呈現出獨特的臺灣文化來。跟港臺兩地相比，新加坡經過的語言轉變，可以說是最嚴厲的。考慮到那嚴厲的政策竟然來自自己人的政府，而不是來自外來政權，我們不能不感到加倍黯淡。

不過，巨人李光耀時代過去，新加坡社會也開始出現變化的兆頭了。例如，梁智強二〇一六年的賀歲片是以福建話對白為主的懷舊片《我們的故事》，描寫從前新加坡人還都住在鄉村裡的時代。講母語，看母語電影，世界上很多人以為是理所當然再自然不過的事情。其實並不然。當一個語言受到壓迫的時候，自然不能用那語言去提出抗議，結果外人聽不到在那社會裡發生了什麼。我這幾個月來看電影、看書惡補有關新加坡社會歷史的知識。幸虧有梁智強、陳子謙等本土派導演拍攝反映出社會現實的娛樂片，讓外國觀眾如我看了都淚中帶笑。

《客途秋恨》與《南京的基督》

為了備課，找來老片的影帶、影碟重新看，果然對有些作品的感想和評價跟以前不一樣了。尤其對《客途秋恨》，我這次觀看後的感觸可多了。

有些往事經常想起，每次都覺得慚愧不已。我曾對香港導演許鞍華說的一句話便是其中之一。

我跟她只有過一面之交。那大約是一九九四年，有一晚蔡瀾請客，地點在港島一家高級飯店的日本餐廳。季節應該是秋天了，因為小巧玲瓏的幾樣前菜裡有帶刺外殼的烤栗子。「這會很熱吧。小心燙手」，忘了是誰說的，總之大家都不懷疑那是剛剛出爐，熱呼呼的烤栗子。小心翼翼地碰了一下，結果大出意料之外，一點也不熱，反之冷冰冰的。沒人開口說話，卻都用眼睛問著我：可以是這樣子的嗎？我是唯一在座的日本人，就有責任解釋究竟是怎麼回事了。然而，當年我才三十出頭，還不算見過世面，對懷石料理的規矩知道得也不多，只好用標準日本式的曖昧微笑搪塞過去了。假如是二十年後的今天，我就會說：「常溫是可以的。冷冰冰則有點奇怪。是否因為香港屬亞熱帶，出於對衛生的顧慮，不准以常溫放置食品呢？」

也許是為了融化凍栗子造成的尷尬場面吧，當年的港英政府廣播局局長張敏儀問我：「妳看過《客途秋恨》嗎？」那是許導一九九〇年拍攝的自傳性作品，張曼玉演女主角，陸小芬飾演她的日本母親。「看過。」我說。「覺得怎麼樣？」張局長追問。今天的我知道英語「白色謊言」（white lie）是什麼意思，亦懂得如何對難以回答的問題敷衍了事。可是，當時才三十出頭的我仍不能分別老實和愚頑，竟然說出來「主角的母親不像日本人」。如果時間能倒退，我恨不得把那句話收回來。「但是，妳知道嗎？阿鞍的媽媽真的不像日本人呢。她就不是一般日本女人那樣子的。」張局長堅持。「這話怎麼說好呢？」世故的蔡瀾要圓場，「我們正在拍芥川龍之介的《南京的基督》，是梁家輝演芥川，富田靖子演南京妓女。很快就要上映了。到時候，妳也去看看吧。」我後來看了區丁平導演、陳韻文編劇的

《南京的基督》。幸虧沒有被蔡瀾問感想，否則搞不好又表現出愚頑的本事說了：梁家輝演的芥川不像日本人。

想起了圍繞著老電影的老故事，是因為我時隔很多年重看了一次《客途秋恨》和《南京的基督》。二〇〇八年任職於日本明治大學後，我開了華語電影班，最初只是簡單地介紹第五代、第六代、香港新浪潮、臺灣新電影的代表作品而已。後來覺得還是不如設定什麼主題好，於是有一年開設了「華語電影裡的日本以及日本人」課程。從李小龍《精武門》到馮小剛《非誠勿擾》，涉及到日本的華語電影為數不少。為了備課，找來老片的影帶、影碟重新看，果然對有些作品的感想和評價跟以前不一樣了。尤其對《客途秋恨》，我這次觀看後的感觸可多了。

平心而論，在許鞍華眾多作品當中，《客途秋恨》不算是最高傑作。可是，自傳性作品對創作者的重要性是毫無疑問的。何況該片探討母女之間不和睦關係的來源，搬上銀幕一定需要特別大的勇氣。在日本影迷眼裡，許鞍華是一九八二年以越南難民為主題的《投奔怒海》出名的社會派導演，亦是香港新浪潮的靈魂人物之一。一九九〇年《客途秋恨》問世的時候，日本影評人普遍視它為關於「跨文化交流之困難」的電影。的確，主角的日本母親嫁給中國父親以後，不僅跟公公婆婆的溝通相當困難，而且對港澳長大、赴英進修的女兒也感到疏遠。在三代同堂的日子裡，老人家說兒媳婦做的菜「冷冷生生，光好看不好吃」，跟香港日本餐廳的冰冷烤栗子同工異曲。

實際上，《客途秋恨》中主角父母親的結合，並不是一般的涉外婚姻，因為他們相識的時間和地點是：滿洲國剛解體後不久的中國東北。母親是原屬於滿洲國統治階層，後來淪落為亡國之民的日本人，父親則是戰勝國中國的軍隊文書。根據影片裡的描繪，母親本來打算跟哥哥一家人一起回日本家鄉，但是一方面感激許先生的溫情，另一方面也為求生存，決定留在中國並嫁給他。一九四七年五月，在遼寧省鞍山市呱呱落地的女娃娃命名為鞍華，顯然紀念著出生地。

在戰敗後的混亂日子裡，跟中國男人結婚的日本女人一般被稱為「中國殘留婦人」。其中多數做了當地農民家的媳婦，人民共和國成立後經歷了屢次的政治運動，猶如嚴歌苓筆下的《小姨多鶴》。許媽媽因為丈夫是國民黨部隊文書，後來舉家南下到澳門、香港，在亞熱帶殖民地度過了大半生。

在影片裡，主角小時候不知道母親是日本人，還以為她孤僻的性情是來自東北人不懂粵語所造成的。事實是，戰後不久，仇日情緒仍濃厚的年代，她不可以讓人，包括親生女兒知道自己的身世。直到丈夫去世，大女兒（主角）從英國念碩士回來，小女兒要嫁到外國去之際，她才頭一次在主角的陪伴下回日本大分縣的家鄉去。當時，戰爭結束後的歲月已經超過了四分之一世紀。可是，曾被徵兵上過戰場的她胞弟居然拒絕跟姊姊見面，就是因為她隨從了原敵國的男人。年老的女恩師也責怪她似的說：「妳當年為什麼跑去滿洲沒回來呢？」似乎沒有人能理解、同情她在異鄉過來的日子多麼孤寂、悽慘、無奈。面對了有家不可歸的冷酷現實後，她對女兒說：「咱們回香港去吧。一直吃冷冷生生的東西，肚子不舒服了。」

在日本別府溫泉拍攝的回鄉鏡頭，飾演當地日本人的全是日本籍演員，效果很自然。只有陸小芬演的母親葵子顯得特別彆扭。是的。我重看《客途秋恨》以後，還是覺得影片裡的日本母親不像日本人。不過，想想許媽媽完全獨特又特別辛苦的經歷，究竟找誰才會把她演得更自然、有說服力呢？恐怕請日本演員也不行，請香港演員也不行，所以從臺灣請來了陸小芬的吧。《客途秋恨》是中影和高仕合資的港臺合作電影，將香港導演許鞍華的故事由臺灣吳念真編寫，請陸小芬飾演日本母親。

說起來非常遺憾，以前我們在海外甚少看到過除了侯孝賢、蔡明亮以外的臺灣影片（連楊德昌作品都不好找了）。直到最近，部分老片影碟在臺灣陸續出版，我才有幸看到了《看海的日子》《嫁妝一牛車》《桂花巷》等重要作品，並且深刻地認識到一九八〇年代的臺灣影后陸小芬。她是有目共睹的演技派，再說跟吳念真一樣在北臺灣九份的礦工家庭裡長大，也就是說《多桑》的環境培養出來的地道臺灣演員。為了表現出經歷過戰爭年代的老一輩日本女人之氣質來，找陸小芬大概就是最符合情理的選擇了。結果怎麼樣，該當是另外一回事。如果有機會再見到許導演，我很想說：「我非常喜歡《客途秋恨》中的日本母親葵子，她是個好複雜的人物，是歷史的受害者也是倖存者，估計由誰來演都特別不容易。」

充滿內涵的異國母親顯然給了藝術家女兒很多啟發和靈感。這一點，我們從許導很多產的創作生涯清清楚楚地看出來。回頭來看，《客途秋恨》成了許鞍華阿姨系列作品之開頭。拍起華人世界的中年婦女，沒有人勝過她的。只是，後來的《女人四十》《姨媽的後現代生活》《天水圍的日與夜》裡，當主角的阿姨們都那麼可親、熱情，相比之下，《客途秋恨》中「冷冷生生」的母親形象顯得更加突出了。再說，在基本喜劇的《姨媽的後現代生活》結尾，受傷後需要女兒照顧的姨媽去度過悲慘晚年的地方果然就是東北鞍山！想一想母親和女兒兩代女人心底下長年不癒的痛楚，令人深感侵略戰爭之可惡。同時，我們也不能不注意：直到《天水圍的夜與霧》，許鞍華也一直關注著移民、難民的悲劇。顯而易見，她名字裡的「鞍」字標記的遠不僅是出生地點。

至於《南京的基督》，乃完全不同類型的作品。首先，它基本上是芥川龍之介一九二〇年發表的短篇小說改編的。當時，芥川還沒去過中國。那麼，關於南京花街柳巷的想像究竟來自何處？其實在小說末尾，作者自己就寫下：「為草本篇，負谷崎潤一郎先生作品《秦淮之一夜》之處不少。特此附記以表示感謝之意。」芥川的好朋友谷崎，早兩年去大陸各地旅行，當時正迷戀著華夏文化，連日本住家都設計為中國式的，何況筆下的文學作品中更紛紛披露在大陸的所見所聞。芥川果然受了他影響。不過，近年也有日本學者指出：《南京的基督》之主要構思其實取自法國作家福樓拜的短篇小說〈聖朱利安傳奇〉。總之，在芥川的原作裡，有個南京妓女篤信洋教，患上性病後不敢接客免得汙染別人，可是有一晚來的洋嫖客長相特像耶穌基督，一起過夜後，妓女的性病奇跡一般的治癒了。

寓言是芥川擅長的寫作形式。他也常把老故事、傳說之類改寫為小說，結果啟發了電影導演的靈感，例如黑澤明拍成經典影片的《羅生門》。影片《南京的基督》特別之處，乃芥川寫的寓言式小說裡插入了作者其人。結果，影片中的南京信徒妓女金花，和日本小說家談上純愛，未料他是有婦之夫，當真相暴露之際，純情的姑娘簡直發瘋，誰也搞不清楚到底是痴戀所致，還是梅毒病菌所致。有一晚來了洋客人，她誤以為是耶穌基督，心甘情願地給他白嫖。小說家再到南京去接戀人，但是這時候的她已經接近人格崩潰。小說家自己也回日本後自盡。加入了自滅型藝術家的生涯以後，原本還有點像西洋傳說的故事，徹底變為悽慘的悲劇了。

《南京的基督》是港日（嘉禾、Amuse）合作電影，為什麼偏偏選擇這樣的題材令人很好奇。據說導演區丁平是芥川的書迷。香港導演中王家衛是太宰治迷，曾在作品裡把梁朝偉的形像設計成太宰治。區丁平則讓梁家輝直接演芥川本人了。當年梁家輝剛剛在英法合作片《情人》裡演過越南法國少女的有償情人，接著叫他去演日本女星的情人角色，從市場角度去想則比較容易理解。至於影片裡的日本小說家和南京妓女用粵語對話，作為港片，並不算稀奇吧。

當時，我在香港戲院觀看，覺得梁家輝演的芥川不像日本人。日本的影評則更多指出富田靖子演中國妓女很不自然。時隔很多年重看，庹宗華演的譚永年引起我的注意。芥川一九二一年去中國，回日本以後發表的作品如《湖南扇子》裡出現了譚永年這個角色，乃作者在東京大學時的中國籍同學，就是他把日本小說家帶到花街柳巷去的。不過，看著電影，我一直弄不清楚，這個人物到底是旅居中國的日本人還是曾待過日本的中國人，因為港片裡的對白全是廣東話，包括日本小說家和老同學之間的對話在內。

譚永年看起來既像中國人又像日本人，甚至演他的庹宗華都既像中國人又像日本人。一個原因無疑是廣東話的臺詞。若在現實中，他一定用日語跟芥川溝通了，而從他講的日語應該可以聽出來中國口音，因此能判定這是個中國人。然而，一旦讓他和日本同學都講不切實際的粵語，觀眾就無從判斷兩個人的國籍了。沒有錯。梁家輝演的芥川其實也既像中國人又像日本人的。

我後來上網搜尋關於影片《南京的基督》的資料，找到了當年在東京國際電影節放映時候記者招待會紀錄。日本記者果然問：「為什麼讓梁家輝演日本人而讓富田靖子演中國人？中國觀眾不會覺得富田演的中國人不自然嗎？」區導演回答說：「日本人和中國人都是黃種人，光看臉孔應該無法分別吧。」梁家輝也說：「世界的人都一樣，不同的只是語言而已。」實在大開眼界：由他們看來，日本人和中國人的外貌是沒有分別的。但這正和我注目庹宗華演的譚永年後發覺的事實一樣。也許，因為中國人多達十三億，而其中既有北方人又有南方人，外貌都五花八門、各色各樣，所以看日本人也就覺得差不多。反之日本人歷來都生活在四個小島上，以「鑽牛角尖」為基本政策，面對中國人也專門注意彼此之間雞毛蒜皮的區別，用鏡片放大後下結論說：「不像」。

不過，讓梁家輝演芥川龍之介而讓富田靖子演南京妓女，其實並不僅是簡單地交換兩個演員的國家而已，同時也牽涉到性別和政治的問題。一九二〇年代的世界，會有日本小說家到大陸旅遊，在中國籍同學的帶領下，去花街柳巷遇到無知的中國妓女，導致她破滅。但是，當年的世界，也會有中國小說家到日本旅遊，在日本籍同學的帶領下，去花街柳巷遇到無知的日本妓女，導致她破滅嗎？所以，區丁平導演（以及估計包括蔡瀾）把芥川龍之介放在《南京的基督》中，並讓國際華人影星梁家輝去飾演，最後以他的自殺閉幕，該說是高度顛覆性的文化政治行為。東京國際電影節的記者們，大概察覺了這樣的意圖，但是被導演和主角說「世界的人不都是一樣嗎？」，就無法再說什麼了。

於是我回想到當年在香港日本餐廳蔡瀾說的那些話：「我們正在拍芥川龍之介的《南京的基督》，是梁家輝演芥川，富田靖子演南京妓女。很快就要上映了。到時候，妳也去看看吧。」幸虧沒有被蔡瀾問感想，否則搞不好我真出盡了洋相。

從《追捕》到《非誠勿擾》

忽然想到找《追捕》來看，乃在獲知原田芳雄死訊之前。倒是看著《非誠勿擾》，被心中產生的疑問所逼迫。那就是：「怎麼劇中角色都對北海道的景色那麼熟悉的樣子呢？」

二〇一一年七月十九日，日本演員原田芳雄去世了。死因是大腸癌引發的肺炎。他就是影片《追捕》裡飾演矢村警長的性格影星。不過，報導他死訊的日本媒體中，幾乎沒有一家提到《追捕》（一九七六年，佐藤純彌導演，日本片名《君よ憤怒の河を渉れ》）。畢竟，該片在日本的票房馬馬虎虎，也沒得過任何獎賞。如果有人講到它，則一定會說是「中國改革開放後上映的第一批資本主義國家影片之一，非常受歡迎，使得高倉健、中野良子成為在中國人人皆知的大明星」。的確，一九八〇年代初去了中國的日本人，誰沒聽到當地人脫口而出「真由美」，然後就唱起「啦啦啦」那個無歌詞的主題曲呢？好像中央人民廣播電視臺開始播放《血疑》以後，大家的興趣才轉移到「幸子」「光夫」「大島茂」去了。

跟大多數日本人一樣，我當年也沒看過《追捕》。每逢中國朋友們津津樂道如何被該片迷住時，我都感到不好意思。二十多年以後，忽然想到找《追捕》來看，乃在獲知原田芳雄死訊之前。倒是看著《非誠勿擾》，被心中產生的疑問所逼迫。那就是：「怎麼劇中角色都對北海道的景色那麼熟悉的樣子呢？」沒錯，舒淇演的笑笑曾跟前男友來北海道玩過一趟，秦奮的老哥兒們鄔桑則娶了日本太太住在當地。可是，直覺告訴我：該不止如此吧？馮小剛導演好像引用了在中國人人皆知的老影片取笑似的，猶如他在《大腕》裡面開了《末代皇帝》的玩笑。想到這兒，答案非《追捕》莫屬吧？

於是租來影碟，在電腦螢幕上開始播放《君よ憤怒の河を渉れ》，馬上聽到那耳熟的「啦啦啦」了。最初高倉健飾演的杜丘檢察官以莫須有的罪名被捕的場面，拍攝在一九七六年東京新宿東口外紀伊國屋書店門前。那年我十四歲，住在離新宿三個車站的中野，經常到那家去買書。我發現：三十五年前的新宿，跟今天最大的區別是行人之多，擁擠到簡直令人懷疑：這兒不是上海南京路嗎？相比之下，這些年日本人口老化厲害，前幾年已經開始出現人口減少的趨勢。另外，過去二十年的日本人也學美國，把開發重點放在郊區大公路邊的購物中心了。結果，愈來愈少年輕人來市中心的鬧區逛街，新宿也不再像《追捕》裡那個樣子了。原來，二十世紀七〇年代的東京新宿曾是那麼充滿活力的！沒想到，票房馬馬虎虎的老影片其實滿好看，片長一百五十一分鐘，並不讓人覺得太長。

不過，我主要感興趣的，還是杜丘逃到北海道以後的場面。果然我沒有猜錯。影片開始後二十六分鐘，他終於抵達北海道日高地區，不久在山中看見當地牧場主人的女兒「真由美」被野生大狗熊襲擊，爬到樹上大喊求助。啊，這就是《非誠勿擾》中，葛優飾演的秦奮把身子裹在布狗熊套服內，要親笑笑的場面之來源。

旅日電影學者劉文兵的日文著作《中國十億人的日本映畫熱愛史——從高倉健、山口百惠到木村拓哉、動漫》，書中列舉從一九七八年到九一年在中國公開上映的日本影片共九十一部。有《追捕》《望鄉》《狐狸的故事》《人證》《蒲田進行曲》等，看著片名我的耳朵似乎聽到當年在中國頗為流行的卡西歐鍵盤演奏主題曲的聲音。在九十一部電影當中，高倉健主演的有幾部：《遠山的呼喚》《海峽》《兆治的酒館》《幸福的黃手帕》，似乎不約而同地都以北海道為背景。這些影片，我全聽說過卻沒看過，主要由於一直對外國影片更感興趣。為了尋找《非誠勿擾》中北海道場面的原始形象，這回統統租來一一看過。果然，秦奮、笑笑、鄔桑三個人兜風，彷彿《幸福的黃手帕》中高倉健和一對年輕男女開車漫遊北海道的情節。另外《遠山的呼喚》裡出現火車和車站的場景，似乎也跟《非誠勿擾》中秦奮和笑笑一起下車在月臺上跟鄔桑寒暄的鏡頭相互共鳴。

看著老電影，我想起當年在北京認識的朋友們，誰也沒有去過國外，因此更加渴望關於海外的訊息。後來個個都找到辦法出國，現在算是跟秦奮一樣的「海歸」了。《非誠勿擾》在中國走紅以後，一時來北海道東部的中國旅客激增的消息，日本媒體報導得不少。可是，沒有一個記者指出來，笑笑出事住院以後，鄔桑一個人開車穿過北海道原野，邊駕駛邊唱〈知床旅情〉而哭泣的含義。那場面我覺得真動人。之前在「四姊妹」居酒屋，兩個中年中國男人模仿谷村新司唱〈星〉也挺有感覺的。至於鄔桑的獨唱，有整整兩段之長，而且只有日文歌聲和眼淚而沒有臺詞，似乎更能表達出「光陰似箭」的感慨來。可以說是娛樂電影的王道吧？

不過，讓我更加感到「光陰似箭」的是，當在大學課堂上跟二十名日本學生一起觀看《非誠勿擾》之際，雖然人人都說很喜歡、滿好看，但是竟沒有一個同學知道劇中出現的兩首日文歌叫什麼。於是拿起粉筆，在黑板上大字寫下「昴（星）」「谷村新司」「知床旅情」，我深深感到：此時實在非彼時也。

懷念港片時代

我是四大天王和梅艷芳的同代人，就是他們的影片叫我決定去香港住的。當時已有一百五十年歷史的殖民地城市，擺脫不了電影布景般的膚淺與虛假，但香港的魅力就在那裡。

從上世紀八〇年代到九〇年代，中國大陸的陳凱歌、張藝謀，臺灣的侯孝賢、楊德昌，香港的許鞍華、王家衛，還有美國的李安、王穎等導演陸續出道，讓全世界影迷對華語電影刮目相看。那年代，我本人正處於青春高峰期，從家鄉東京到北京、廣州，又越洋赴多倫多、香港，每年提著大皮箱換一次窩，屈指數一數總共搬了十次家。海外浪子的生活猶如沒完沒了的連續劇，充滿著喜怒哀樂各色彩的真實插曲，好在那段時間裡，無論身在何處都有華語新片躍上銀幕，令我感到永不孤獨。

《黃土地》《霸王別姬》《紅高粱》《活著》《戀戀風塵》《悲情城市》《海灘的一天》《牯嶺街少年殺人事件》《傾城之戀》《客途秋恨》《阿飛正傳》《重慶森林》《囍宴》《飲食男女》《點心》《喜福會》等經典片，我都在上映後第一個時間內就在戲院裡看。也許每個人都有代表自己青春期的幾部電影吧，從這角度來說，我的青春期真是豐富多彩，豪華極了。

《黃土地》是我在東京新宿的東急電影廣場戲院看的，《喜福會》則在多倫多國際影展上，記得還參加了王穎導演的記者會。《傾城之戀》和《重慶森林》都在香港看了，尤其是後者於一九九四年首映的時候，我就住在香港灣仔皇后大道東上的星街七號，影片和人生在澳洲奇人杜可風手持的攝影機鏡頭裡相交融一般的感覺令人印象好深刻。順帶一提，流行歌曲方面有創作歌手羅大佑唱的〈皇后大道東〉，那段時間擔任了我個人和殖民地末期香港的主題曲。

轉眼之間，二十年過去了。其間全世界的變化，特別是中國的迅速發展，是沒人能預測到的。同一時期，圍繞著華語電影的情形也變化了許多。進入二十一世紀後，針對國內觀眾的中國電影大為流行起來，先有了馮小剛的一系列賀歲片，後來更出現了陳可辛《投名狀》

等跟好萊塢媲美的大型製作。不用說，這是中國經濟的發展導致內地電影市場成熟的緣故。如今的華語片導演為內地觀眾拍戲，而不再為國際觀眾特別是影展裁判團拍戲了。聽起來再理所當然不過吧，可是二十年以前，張藝謀的《菊豆》《大紅燈籠高高掛》等作品就是受了媚外的譴責，也不是無憑無據的。

一九九七年香港回歸中國，二〇〇三年簽署「建立更緊密經貿關係的安排」以後，港產片和中國產片的區別逐漸消失。果然政治和經濟決定包括文化在內的一切。這些年，無論是許鞍華的《姨媽的後現代生活》還是王家衛的《一代宗師》都與其說是香港電影，倒不如說是香港導演拍的中國電影了。然後，再想想，其實許導和王導都是中國大陸出生的；許導生在東北鞍山，王導則在上海出生。正如曾經割讓或出租的土地給拿回來，曾經出境的赤子也重新被母國擁抱，也許可說順理成章。

只是已消滅或失去的事物總讓人心裡產生懷念之情。在大學的課堂上，給日本學生看《重慶森林》時，我想起尖沙咀重慶大廈內的印度餐廳，中環戶外電梯邊的雲吞麵館，位於蘭桂坊文化界人士聚集的「六四酒吧」，聽說店主葛蕾絲如今在別處經營「七一吧」，有機會真想去跟她敘舊一番。記得王家衛的另一部作品《阿飛正傳》在銅鑼灣皇后飯店取景，我曾去吃過俄羅斯菜基輔式炸雞肉。鋪子裡展覽著影片中用過的道具，包括老式的電話亭。殖民地時期的香港多多少少繼承了老上海十里洋場的氛圍，而在電影界，王家衛是有目共睹的海派代表。

以香港電影的座標，我是四大天王和梅艷芳的同代人，就是他們的影片叫我決定去香港住的。當時已有一百五十年歷史的殖民地城市，擺脫不了電影布景般的膚淺與虛假，但香港的魅力就在那裡，至少當年是。回歸中國以後，恐怕很多事情都不一樣了。影片裡卻保存著昔日時光。《重慶森林》中的金城武，借用蘭桂坊「深夜快車」快餐店的固定電話，一直要找朋友出來。殖民地香港屬於前手機時代，那確實是跟今天稍微不同，根本不同的時代呀。

姜文和小津的《軍艦進行曲》

為了在《鬼子來了》裡生動地表現出日本的文化和民族性格來，姜文也理應觀摩了被視為「最具有日本特色」的導演小津安二郎的作品。

中國大陸的電影導演當中，我最感親切的是姜文。大概是我跟他年紀相近的緣故。最初看到《陽光燦爛的日子》（一九九四年）時感到的驚喜，至今仍記憶猶新，因為該片講的故事跟我從中國朋友們那兒聽到的文革時期回憶挺像的。他們是上世紀六〇年代出生的孩子們，對文革的印象是「沒有大人管」和「要怎麼樣就怎麼樣」，總之是「好玩極了」；跟傷痕文學或者第五代導演如陳凱歌作品《霸王別姬》裡的「十年動亂」很不一樣。若說第五代的特徵是沉重，姜文則令人覺得很輕鬆，即使作品的主題其實是滿沉重的。

後來，我聽到姜文的第二部作品《鬼子來了》獲得坎城影評審團大獎，也看了日本報紙上篇幅不長但是很正面的評論。儘管如此，我一直不敢看，就是被片名嚇壞的。直到開了大學華語電影課以後，才覺得非克服個人膽怯不可，為了大局買來ＤＶＤ來看，結果是又一次的豔遇，實在是相見恨晚了。《鬼子來了》特好看。膽小鬼如我，只要在影片後面虐殺進行的五分鐘用手掌蓋住眼睛即可，其他時候，很逗的場面還是居多的。

影片開頭，飄揚於銀幕上的舊日本海軍旗，和以喇叭信號開始的〈軍艦行進曲〉，跟片名《鬼子來了》一樣具備衝擊力。三個因素都開門見山地告訴觀眾：即將給你們看日本鬼子的真面目。中國導演拍的抗戰電影，過去都為數不少。以一九四一年司徒慧敏在香港拍的《游擊進行曲》始，有戰後蔡楚生回上海拍的《一江春水向東流》、金山在國民黨占領下之長春製片廠拍的《松花江上》、解放後趙明執導的《鐵道游擊隊》，還有後來文革時期中國人重複看過很多次的《地道戰》《地雷戰》等等。但是，那些抗戰影片中的日本鬼子形象，幾乎都是相當戲劇化的愚蠢加上好色，並沒有突出關鍵性的殘忍暴戾一面。於是，當張藝謀在一九八七年的出道作品《紅高粱》中，很具體地描繪了日軍對中國老百姓進行的殘酷處刑時，不僅是中國觀眾，而且連外國觀眾的反應都特別強烈，因此給它帶來了柏林影展金熊獎。

之前的抗日電影中，日本鬼子的角色一般都是由中國演員飾演，從《松花江上》起好幾部電影裡演日本鬼子的方化是最有名的例子；還好，他一九九四年去世之前，最後參加的影片竟是姜文的作品《陽光燦爛的日子》，其中他演了中國人民解放軍的一名將軍。即使在《紅高粱》或者陳凱歌的《霸王別姬》裡，日本鬼子的角色都是中國人演的。香港影片也一樣，在梁普智導演的《等待黎明》裡，飾演日軍長官金澤的是華人演員翁世傑。在這一點上，姜文的《鬼子來了》首先就有了選角方面的突破：戲中最重要的三個日本士兵角色，他都請來專業的日本演員，其他眾多日本人角色也統統由在華日本留學生等人飾演。

擔當日方主角花屋小三郎的演員，由於上鏡頭時間相當長，對整體日本鬼子的形象影響頗大。為這一重要角色，姜文高明地選擇了香川照之。他當時出道後大約十年，參加過不少電視劇演出，可還不是特別有名，也沒得過什麼獎。然而，作為演員，他的血統特別好：高祖市川段四郎是明治到大正世代的著名歌舞伎演員，曾祖父、祖父、父親又都一代一代地繼承了家業。祖母是在小津安二郎電影《宗方姊妹》裡演嫵媚寡婦的高杉早苗，母親則是寶塚歌舞劇出身的演員濱木綿子。難得的是，香川照之本人也不是個傻乎乎的名家少爺；他從私立名門曉星學園，考進了日本的最高學府東京大學文學部，專攻社會心理學，一九八八年拿到文憑圓滿畢業。

有演戲的家世加上社會心理學的學問訓練，香川照之能清楚地理解他承諾的是多麼困難的工作。他有寫日記的習慣，去中國拍戲都帶著筆記本，每天晚上記錄當天發生的事情。回國以後，那段時間的記載整理成《中國魅錄「鬼子來了！」攝影日記》一書，由電影旬報社出版。從他留下的紀錄，我們可以知道，還沒開拍之前，姜文對日本演員進行嚴厲的軍事訓練。自第二次世界大戰敗北以後，日本取消了徵兵制，如今的日本青年根本沒機會接受軍訓。這回在中國，艱苦的訓練不僅要改造他們的身體，按照姜文的計畫，也要改變他們的表情、思想、態度等。

另外兩個重要的日本角色中，飾演酒塚陸軍部隊隊長的澤田謙也，乃平時在香港電影圈演戲的。他演的酒塚豬吉是日本陸軍一個部隊的隊長，任何戰鬥行為，都是他命令手下士兵去做的。在姜文指導下，澤田很巧妙地表現出日本軍人相當矛盾的性格：易怒、守約、理性、殘虐等。這使得觀眾容易接受情節的意外發展。至於野野村耕二海軍部隊隊長，為人性格跟酒塚很不一樣；他是文化人，愛音樂。長年駐屯於沒有多少動靜的山海關附近之小村落掛甲臺，他把手下的士兵訓練成一支吹奏樂隊，每天在自己的指揮下，演奏著〈軍艦進行曲〉行進村子裡。而那首聽起來很開朗的進行曲，在電影高潮的虐殺場面，將發揮令人忘不了的作用。雖然說，野野村對當地居民的態度也算嚴厲，但是遇到孩子們，每天他都發糖果給他們吃。到了洗澡時刻，他就泡在水中吟起了在日本有七百年傳統的幸若舞中〈敦盛〉的一段：人間五十年，有如夢幻云云。

可見，為了執導《鬼子來了》，姜文對日本人的文化和民族性格做了不少功課。他找來的資料中，除了書本以外，應該還包括日本電影。旅日電影學者劉文兵在他的日文著作《中國十億人的日本映畫熱愛史》（集英社新書）裡寫道：文化大革命時代後期，為了批判當時的日本佐藤榮作政權右傾化，在中國上映的日本影片《啊！海軍》（一九六九年，村山三男導演）等作品，給一代中國人留下了非常深刻的印象。於是他估計，姜文也牢牢記得當時在日本戰爭影片裡聽到的〈軍艦行進曲〉，拍《鬼子來了》的時候就拿來用了。

我倒猜測：為了在《鬼子來了》裡生動地表現出日本的文化和民族性格來，姜文也理應觀摩了被視為「最具有日本特色」的導演小津安二郎的作品。這位電影大師，一九〇三年十二月十二日出生，一九六三年十二月十二日去世，前後拍了五十四部影片，包括早期的黑白無聲電影、中期的黑白有聲電影、晚年的彩色有聲電影。

其中，他戰後拍的黑白有聲片三部：《晚春》（一九四九年）、《麥秋》（一九五一年）、《東京物語》（一九五三年），都由俗稱「永遠的處女」的原節子飾演主角紀子，情節又都圍繞著她的婚姻，順理成章地被稱為「紀子三部曲」或「春天三部曲」。另外，最晚年的彩色作品三部：《彼岸花》（一九五八年）、《秋日和》（一九六〇年）、《秋刀魚之味》（一九六二年），也同樣以女兒出嫁為主題，但是這回真正的主人翁則轉移到他父親和他同學們去，在每部影片裡，他們都經常開同窗會。這些作品被稱為「秋天三部曲」。

全世界研究小津電影的人，一般把這六部片當作他的代表作。在日本房子的榻榻米地板上，登場人物們跪坐著談話的樣子，用設定在低處的攝影機，從人物的正對面遠距離拍攝。這種攝影方式，其實跟他早期拍電影的方式很不一樣。製作方式變化的背後，自然有多種因素。不過，其中不可忽視的是，太平洋戰爭時期的一九四三年到四五年，小津奉日本軍部之命，帶領攝影組去了新加坡兩年。原來軍部命令小津拍攝有關「獨立印度軍」的紀錄片，以便宣傳大東亞共榮圈。然而，到了新加坡，小津就發現倉庫裡有許多好萊塢片的菲林，乃日本占領軍在當地接收過來的。看了看好萊塢片，小津被其水平之高嚇到，馬上知道了：這場戰爭，日本是輸定的。所以，後來他就不拍攝什麼紀錄片了，反之天天研究好萊塢片。最後得到的結論便是：要在世界舞臺上競爭，唯一可贏的方法是，去拍別人絕對不會拍的作品。戰後回日本的小津，把自己比成豆腐商，經常說「我是豆腐商，只能做豆腐。要買別的東西，請到別的店家去」。他所說的豆腐，後來被外國影評人說成是「最具有日本特色」的一系列作品。

一九三〇年代，小津也被徵兵去過兩年中國大陸。雖然當了總共四年兵，在他拍的五十四部電影裡，連一次都不曾出現穿軍裝的人物。一般都因此而下結論說：這證明小津是個反戰導演。也不無道理。例如，在晚年代表作之一的《彼岸花》裡，佐分利信飾演的父親角色對田中絹代演的妻子清楚地說道：「我最討厭戰爭年代。那些壞蛋橫行霸道的時代，我就是不要它再回來。」他說那句話之前，妻子就說過「我有時懷念戰爭年代，空襲警報一響，一家四口一起跑進防空洞，互相緊緊擁抱」的。

在遺作《秋刀魚之味》裡，小津的反戰意識表現得更清楚了。笠智眾演的父親角色，有一晚參加同學會，散會以後，把酩酊大醉的恩師送回家。這位原日本中學漢文（古漢語）課老師，戰後淪落為一家中式麵館老闆。直到一九四五年戰敗前，在日本中學的課程表上，漢文是「國漢數英」四大科目之一；然而，戰後占領日本的美國人，把漢文課視為給學生灌輸封建思想的管道，因此在一場教育改革中，大幅度地減少了教學時間，導致不少漢文老師失業，顯然包括淪落為麵館老闆的那一位了。笠智眾知道老師生活不容易，於是向老同學們募集捐款，改天又送到老師家去。未料，來麵館要吃碗叉燒麵的一個客人，向他打招呼說：「艦長！」原來，笠智眾在戰爭年代是軍艦的艦長，客人則是他當年的部下。為巧遇驚喜，老戰友一起去一家酒吧，讓那裡的媽媽桑放〈軍艦進行曲〉唱片。而後，聽著那曲調，老艦長和部下以及媽媽桑都高高興興地互相做敬禮的手勢。老部下發牢騷說：「如果咱們贏了，如今在紐約，就凌駕於美國人之上了。」老艦長馬上介入，並很溫和卻斷然地說道：「我們輸了，是一件好事情，不是嗎？」跟著，老部下回答了跟《彼岸花》的佐分利信幾乎一樣的話：「沒有錯。那些無聊的傢伙，不再橫行霸道了。確實是好事情。」影片最後，女兒出嫁，做了鰥夫的笠智眾，婚禮之後深感寂寞，又一個人去那家酒吧。媽媽桑看到他穿的禮服問：「您去了葬禮嗎？」老艦長則回答說：「差不多。」女兒的紅事給他帶來白事一般的感慨。然後，他和媽媽桑又聽著〈軍艦進行曲〉做敬禮的手勢。小津是拍完這部電影以後病倒，第二年年底去世的；下一步作品《白蘿蔔，胡蘿蔔》的拍攝計畫早已決定。可是，《秋刀魚之味》裡，他似乎已經總結了對人生的感受。

在《鬼子來了》裡每天高高興興地指揮〈軍艦進行曲〉的野野村隊長，鼻子下留著鬍髭，始終笑咪咪的樣子，其實很像笠智眾的。野野村洗澡時吟詩，似乎也學了笠智眾。他在實際生活中的愛好之一就是吟詩，於是小津導演給他在影片裡表演的機會：在《彼岸花》裡的同學會上，他在老朋友們面前表演起來。但是，吟了一段，他馬上停掉，因為詩歌內容圍繞著歷史人物楠木正成，乃歌頌忠君愛國思想的，跟民主主義的戰後日本社會不搭調。宮路佳具演的野野村隊長，乍看似是笠智眾在戰爭時候的寫照。然而實際上，比小津小一歲的笠智眾沒被召集去過戰場，從一九二八年到九二年，一直參加電影演出，在小津導演的片子裡，更往往演了導演投射自己的人物。

另外，在《鬼子來了》的宴會上，有幾個日本兵喝醉酒後齊聲唱當年的流行歌曲〈香蘭節〉。這首歌的旋律，據說取材於臺灣民謠，在日本流傳到今日。而在小津電影《早春》（一九五六年）中，就有池部良飾演的主人翁某一晚參加戰友會去大家合唱同一首〈香蘭節〉的場面。姜文拍《鬼子來了》之前研究過小津作品，似乎是無疑的。影片裡的戰友會場面提醒我們：戰爭年代，多數日本男人都被徵兵上陣了；戰後他們回日本，脫下軍裝，穿上西裝，社會上看不到軍人了。在美國占領軍設計的民主社會裡，曾經穿過軍裝的人們吟老詩、唱老歌都覺得跟時代不合。講到最根本的價值觀，他們都認為日本戰敗是件好事情；因為軍國主義不僅害別人，而且害自己人。但那不等於說，他們不懷念自己的青春日子；也不等於說，他們對戰後的社會風氣沒意見。

曾經上過陣，卻認為自軍戰敗是好事，這種心態來得不易，乃需要勇氣去自我否定的緣故。小津安二郎的遺作《秋刀魚之味》，無論戲中播了多少次〈軍艦進行曲〉，做了多少次敬禮手勢，最後表達的毫無疑問是反戰思想。那為什麼播〈軍艦進行曲〉，為什麼還做敬禮手勢？不會是簡單的懷念。曾經流逝過的時光、曾經酷愛過的先妻、曾經當兵時候的可怕回憶，人還是會想起來，為的是確認人生的實感。姜文的《鬼子來了》和小津安二郎的《秋刀魚之味》都是高水準的反戰電影。同一首〈軍艦進行曲〉，在兩部影片裡留下既很像又很不像，總之非常難忘的印象。

新井一二三在臺灣出書十九年的歷程，和中文相愛 35 年的證據……

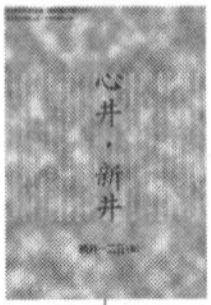

一九九九
在臺灣出版第一本書《心井・新井》。

二〇〇〇
把在香港與加拿大多年的生活經驗、人情故事，出版成《東京人》一書。

二〇〇一
出版《櫻花寓言》寫出她對家鄉的鄉愁、對愛情的想法……
同一年，第一手引介日本文人與作品，寫成《可愛日本人》，讓讀者認識更多元的日本文學。

二〇〇二
在《讀日派》書中，一針見血地解剖當代日本社會樣貌。
同一年，出版《東京的女兒》。

二〇〇三
出版第一本少女成長故事《123 成人式》。
出版《東京時刻八點四十五》，寫出東京人的飲食及文化。

二〇〇四
出版《我和閱讀談戀愛》，以輕鬆簡潔的方式引介日本文壇多種面貌與閱讀面向。
同一年，努力實踐緩慢生活六法則，進而寫出《午後四時的啤酒》。

二〇〇五
在《東京上流》中，透過新井流的觀察與探訪，讓讀者得以一窺可愛但不美的東京。

二〇〇六
出版《東京迷上車：從橙色中央線出發》，公開新井專屬的美食、人文、散步地圖。
同一年，在《東京生活意見》中，鼓勵讀者從真實人生中爭取愛情，追求自我。

二〇〇七
以在東京獨一無二的生活滋味，寫成了《偏愛東京味》。
同一年，亦出版《我這一代東京人》寫出記憶中的東京。

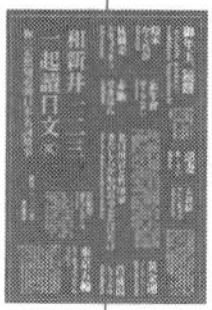

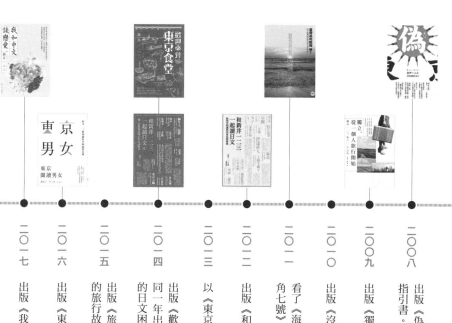

二〇〇八

出版《偽東京》，真實呈現二〇〇七年的日本，絕對是日本迷不容錯過的社會觀察指引書。

二〇〇九

出版《獨立，從一個人旅行開始》，引起兩岸三地廣大年輕讀者的熱烈迴響。

二〇一〇

出版《沒有了鮪魚，沒有了奶油》，透過在地感受，寫出讀者想像不到的日本。

二〇一一

看了《海角七號》七次，掉淚七次，寫出《臺灣為何教我哭？》，書中特別邀請《海角七號》導演魏德聖對談。

二〇一二

出版《和新井一二三一起讀日文》，帶領讀者深入探討日文名詞故事。

二〇一三

以《東京故事311》寫出311前與311後，日本社會不為人知的真實狀態。

二〇一四

出版《歡迎來到東京食堂》寫下愛上食譜，愛上遠走他鄉，愛上家裡餐桌的點滴。同一年出版《和新井一二三一起讀日文【貳】》，讓學日文的讀者明白許多解不開的日文困惑。

二〇一五

出版《旅行，是為了找到回家的路》，記錄到不同國度，用不同語言交換生活經驗的旅行故事。

二〇一六

出版《東京閱讀男女》，透露多位日本文學作家的人生祕密，讓讀者大呼過癮。

二〇一七

出版《我和中文談戀愛》。用這本書見證新井一二三和中文相戀的故事。

國家圖書館出版品預行編目資料

我和中文談戀愛 / 新井一二三著 .
——初版——臺北市：大田，民 106.02
面；公分 .——（美麗田；155）

ISBN 978-986-179-473-0（平裝）

861.67 105022329

美麗田 155

我和中文談戀愛

新井一二三◎著

出版者：大田出版有限公司
台北市 10445 中山北路二段 26 巷 2 號 2 樓
E-mail：titan3@ms22.hinet.net http：//www.titan3.com.tw
編輯部專線：（02）25621383 傳真：（02）25818761
【如果您對本書或本出版公司有任何意見，歡迎來電】
法律顧問：陳思成

總編輯：莊培園
副總編輯：蔡鳳儀
執行編輯：陳顗如
行銷企劃：古家瑄
內頁美術設計：賴維明
校對：黃薇霓 / 金文蕙 / 新井一二三
初版：二〇一七年（民 106）二月十日 定價：290 元

國際書碼：978-986-179-473-0 CIP：861.67/105022329